东子　红小猪◇著

大学生成长必读

生活没有旁观者

心灵导师东子
与大学生的对话

SHENG

HUO

MEIYOU

PANG

GUAN

ZHE

百花洲文艺出版社

BAIHUAZHOU LITERATURE AND ART PRESS

图书在版编目（CIP）数据

生活没有旁观者 / 东子，红小猪著. –– 南昌：百花洲文艺出版社，2017.12
ISBN 978-7-5500-2310-9

Ⅰ．①生… Ⅱ．①东… ②红… Ⅲ．①成功心理–通俗读物 Ⅳ．①B848.4-49

中国版本图书馆CIP数据核字（2017）第139222号

生活没有旁观者

东子　红小猪　著

出 版 人　姚雪雪
责任编辑　刘　云
书籍设计　赵　霞
制　　作　何　丹
出版发行　百花洲文艺出版社有限责任公司
社　　址　南昌市红谷滩世贸路898号博能中心一期A座20楼
邮　　编　330038
经　　销　全国新华书店
印　　刷　江西华奥印务有限责任公司
开　　本　720mm×1000mm　1/16　　印张　15
版　　次　2017年12月第1版第1次印刷
字　　数　180千字
书　　号　ISBN 978-7-5500-2310-9
定　　价　33.00元

赣版权登字　05-2017-314
版权所有，盗版必究
邮购联系　0791-86895108
网　　址　http://www.bhzwy.com
图书若有印装错误，影响阅读，可向承印厂联系调换。

目录

在路上，我的大学

专业课有那么重要吗

如果谁说郑学霸对专业课嗤之以鼻，那一定是天方夜谭，就好比在演讲中错认"老公"的希拉里，有谁会真的把川普大叔当成克林顿？然而这一次，郑学霸并没有跟我开玩笑——摒弃专业课，她是认真的。

从小郑学霸就属于"别人家的孩子"，每到期末成绩一出来的时候，她的名字就会成为各位家长教育小孩的"必备武器"。为此，我还"记恨"了她好久好久。这样的学霸光环一直笼罩到她高中毕业，高考时她以优异的成绩被天津一所名牌大学录取。一时间，郑学霸成了"成功"的代名词。对于她的未来，似乎所有人都心知肚明而又心照不宣。每次寒假同学聚会，这位"985工程"重点大学的高材生也必定是大家心目中的偶像。直到有一天，她突然跟我说："这个大学上得一点意思都没有。"

我尽力保持平静，勉强把嘴里的汤咽了下去，隔着热腾腾的水雾望着坐在对面的郑学霸，看着她一脸愁苦的表情，确定她不是"得了便宜还卖乖"——一位"985工程"重点大学的高材生跟一位三脚猫大学的三脚猫学生诉苦，说她对在名校深造这种事情已经彻底失去了兴趣！这的确让我匪夷所思。

究其缘由，时间还要退回到两年前，当郑学霸还是郑学霸的时候。

那时的郑学霸初入校园，对一切还保持着新鲜感，同每个步入这所历史名校的菁菁学子一样，郑学霸怀揣着对未来四年的美好憧憬，想象着凭借自己的努力和一腔热血就可以续写曾经的辉煌。她依旧遵循着二十年来不曾改变的生活习惯，秉承着"不到黄河心不死，不撞南墙不回头"的精神，每天定时定点、按部就班地游走于各个教室。除了吃饭，大部分时间都投身于图书馆的伟大怀抱，以至于去得时间久了，连保洁阿姨都忍不住问："每天学得这么晚，考研一定很辛苦吧！"也不知道是郑学霸真的太过努力而感动了保洁阿姨，还是由于平日疏于打理而导致容貌长得略有些"着急"，总之，这句话让郑学霸郁闷了一晚上，也是那一晚，百年不照镜子的郑学霸突然对自己的脸上了心。

但是，再精致的容貌也比不上成绩对她的诱惑，眼看着期末就要临近，郑学霸开启了"高考"模式，在她眼里，这次考试是见证她实力的时刻，就像是里约奥运女排的背水一战，"第一"就是她最好的战利品。不过，以前是几个学霸与一群学渣间的较量，而现在是一群学霸与一群学霸间的较量。在这场"战争"中，自认胜券在握的郑学霸被上帝遗忘在了北非的沙漠里。

那年的天津，滨海新区还没有爆炸，但郑学霸却总有一种灾后的恐慌。"百感交集"地登上校方特意为学生准备的迷你公交，坐在最后一排的郑学霸围着校园兜了一圈又一圈，看着一拨人下去又有一拨人上来，那张阴沉抑郁的脸就像是绕了一层又一层的PM2.5，如果再听到几个人谈论这学期的考试成绩，郑学霸几乎有从车窗跳下去的冲动。

那一年的新年，郑学霸过得并不好。

同学聚会上，原本就少言寡语的郑学霸更加沉默寡言，再加上这次聚会又多了一位新主角——老宋。老宋是我们高中时代最让老师头疼的学生之一，上课睡觉、传纸条此等小事老师对他已经睁一只眼闭一只眼，有一次他竟在班级的饮水机里加泻药，一时间搞得班里人心惶惶，对饮水机敬而远之。到了高二，老宋便退了学，从此再无音讯。时至今日，不知他如何找到了班级的微群，又得到了聚会的消息。

此时的老宋已是今非昔比，凭着灵活的头脑和过人的口才将工作做得风生水起，一代"学渣"成了业界新秀，让我们这些还在象牙塔里徘徊的穷学生艳羡不已。不由感叹，"三年河东，三年河西"。鲜衣靓服的老宋在宴席上推杯换盏、侃侃而谈，好不得意，无形之中，成了整个聚会的核心。而郑学霸，则被人遗忘在某个角落，成了一颗没落的流星。

"老同学，你可是咱们学校的骄傲啊，三年多没见，我敬你一杯。"郑学霸望着递到自己面前的杯子，涨红了脸，勉勉强强地喝了一口，挤出一丝笑容。在她眼里，老宋分明是在向自己挑战——"你是学霸又怎样？考上名牌大学又怎样？学了那么多专业课，也比不上我这个高中没毕业的家伙。"那天回家，郑学霸大哭一场。

转过年，又到了"烟花三月下扬州"的季节，可惜我们的郑学霸没有办法骑着白鹤飞到扬州去散散心，只好回到了曾让她引以为傲而如今黯然伤神的著名学府。

三月的天津正是赏桃花的季节，桃花堤的美景勾起了寝室姐妹们踏青的兴致，不善言辞的郑学霸被孤零零地扔在了寝室。南门周恩来的雕像依旧屹立，图书馆前的荷花湖尚未苏醒，西南联大的纪念碑前摆了两捧鲜花，郑学霸一一走过，脑袋里回想着从小到大的成长历程，她突然发现，除了学习，她的记忆竟一片空白！而如今，让她骄傲的成绩也不复存在，努力了这么久，最终却赶不上一个中途辍学的高中同学。她的专业课里没有教过她人情世故，没有告诉过她沟通往来，她不懂得变通，不知道灵活，她不知如何打扮自己，没办法在人前侃侃而谈。郑学霸受够了，她恨透了专业课。在她眼里，正是这些专业课让她变成了一个不折不扣的书呆子！

"专业课，有那么重要吗？想想有多少伟人，学都没有上几天，他们之所以成功，绝不是靠着简简单单的几门专业课。再看看现在的大学生，有多少毕了业找的工作与专业不对口。学了半天，什么用也没有，也不过是得一纸毕业证书。"我愣愣地盯着对面的郑学霸，不敢相信这是从一个"一心只读圣贤书"的学霸嘴里说出来的话。

有的人，没读几年书却飞黄腾达；有的人，专业课门门优秀却在四处求职。对我们这些大学生而言，无论名校还是非名校，专业课有那么重要吗？

东子说法

这不是郑学霸一人之惑，放眼华夏，大学校园比比皆是。

何故？

应试教育使然！

现在的大学生都是在应试教育体制下成长起来的新一代青年，他们从发蒙之始就接受这种为了考试而学习的教育。因轻视对孩子综合能力的培养，由此导致了很多如郑学霸这样高分低能的大学生。

目前我国基础教育阶段，有人为了获取高分，不顾儿童发展的身心规律，逼迫孩子苦学死学，灌输式、填鸭式教育，让学生死记硬背却不应用。这种重分轻能的教育，使很多学生熟知上下五千年却不会与人打交道，考出高分却自理能力低下。在这样"一考定终身"的错误教育理念影响下，老师把孩子们培养成了考试机器。由此，催生了一个个"学霸"。

苦着考着，累着忙着，这就是"学霸"的学习状态。因为他们取得了高分，符合应试教育的培养标准，达到了老师的训练要求。所以，在当下，"学霸"是被很多学生追崇的英雄，是老师和各级教育行政部门领导的宠儿，自然它也就成了褒义词，可在东子看来它却是一个十足的贬义词。

霸孩儿们很多只是学习的机器，他们不仅是能力低下，而且很多人品质也有问题。他们宝贵的灵性被打磨掉，创造性思维被扼杀，快乐童年被剥夺……

更大的悲哀还在踏上社会以后，"只读圣贤书"的霸孩儿懂得如何考高分，却不懂得如何找工作，如何建立良好的人际关系；装满了一脑子的答题技巧，却缺乏立足社会之本，更无从谈创业、发展……

"郑学霸"们已经再次给我们敲响了警钟。

但话说回来，学霸虽有不足，作为学生，专业课依然重要。学好专业课是每个学生最基本的分内之事，不仅是不挂科，而且还要学好。拥有学习能力不是坏事，我们要充分发挥自己所长，学好专业课。与此同时，补上自己的短板。

虽然我不赞成浓妆艳抹，但是作为二十大几的大姑娘，化个淡妆总是要会的。专业课不是你生活的全部，还有人际交往、个人装扮、综合能力，对了，还要谈情说爱……

多元社会，我们需要多彩生活，特别是青春烂漫的大学时代。

人生是长跑。

不要一味地羡慕他人的一时之得。那个做得风生水起的辍学生，他的未来也有很多不确定性，如果效仿他辍学或在大学混日子，误了学业，荒废青春，得不偿失。

未来的路还长，指不定谁辉煌。

谁辉煌东子不知道，但我知道一定是给有所准备的人。如果把人生比作一栋大厦，求学期间就是打地基，地基坚固，大厦才能经得起风暴雨骤。

最后，东子要送郑同学16个字："正视自己，取长补短，完善自我，把握今天。"

社团里"瞎忙"的日子

　　升入大学的小安打算一雪前耻，想要证明给暗恋七年而最终将她果断而无情拒绝的"男神"看看。她，小安，绝对不是个默默无闻的丑小鸭。在那个充斥着"逆袭"和"翻身"的年代里，小安要让那个对她嗤之以鼻的人看到她光芒万丈的样子。于是，来到大学的小安将自己投身于那个被外界视作光鲜无比的学生社团。

　　对于小安这样的人来说，"成功"的意义非同小可。从小到大，一路从普小升普中，又从普中升普高，再加上寡言少语、相貌平平，很容易就成了班级里最容易让人忘记的女同学。而当小安满面羞红地嘟囔出那句"我喜欢你"时，"男神"眼中惊讶转至不屑的眼神，彻彻底底将小安打入无间地狱。故而，上了大学的小安，一定要"改头换面、重新做人"！如果说，当四年学霸的传奇故事在小安这里发生的可能性不大，那么在校园社团中谋得一官半职，看着自己一身西装革履的照片贴在宣传栏里似乎更有说服力。

　　记得刚开学时，小安就像是开足了马力的SUV，手捧着一张又一张社团简介，仔仔细细地分析每一个社团的优劣，在"乱花渐欲迷人眼"的宣传单里挑出最适合自己，而又能有朝一日跟她的"男神"耀武扬威的几个，但天生具有悲观主义倾向的小安，还是担心自己马失前蹄——万一自己投出的申请表石沉大海怎么办？万一自己面试没通过怎么办？万一我选择的社团不适合自己怎么办？于是，小安选择了"全面撒网，重点捞鱼"的战略，一天之内，投递的申请表就有十几份。

不知道是不是小安最近的运气爆表，申请的社团竟无一例外地向小安伸出了橄榄枝，最终，小安将目光锁定在学生会、广播站和记者团这三大组织。从此，开启了小安"拼命三娘"的生活。

小安是个文科生，虽然言辞稍有木讷，但文笔还是不错的。于是，三个社团的文字工作就落在了小安的头上。策划案、宣传稿、演讲词、播音稿……一份又一份文档占据了小安电脑屏幕的半壁江山。每至寝室熄灯，总会看见小安端坐在铺上，架起一个小桌子，点上台灯，继续加班加点、指速如飞地在键盘上敲击。同时，为了扩大自己在记者团的影响力并显示出自己的积极与热情，小安还时不时地在校报上投稿并尝试着写一些新闻报道。渐渐崭露头角的小安被老师发现，在完成社团任务之余还协助老师整理资料、编撰书稿，虽然每天忙得不可开交，但小安却乐此不疲。

自从进入大学，小安就像变了一个人。就如她曾经说得那样，她要证明给她的"男神"看看，她不是一个默默无闻的丑小鸭，她有能力，也有天赋。

然而，就如长春短冬长的天气，随着季节的推移，小安的"雄心壮志"也从"晴空一鹤排云上"的融融秋日迅速跌到了冰寒刺骨的皑皑寒冬。

小安渐渐发现，她似乎并不想在那个所谓的"男神"面前"显摆"些什么，渣男终将离开自己逝去的青春，而越来越多的社团活动却折磨得自己身心俱疲。每天写不完的稿子、开不完的大小会议、摆脱不掉的各类聚餐……半学期下来，小安甚至没完整地看过一本书。曾经一节课都不敢落下的乖乖女，为了应对各类活动，请了一回又一回的假。以至于有一次，一位任课老师非常严肃地问她："作为一名学生，你把什么放在了第一位？"

　　眼看着就要到期末了，英语四级考试又迫在眉睫。小安翻着日程表：14号组织演讲比赛、15号策划爱心活动、16号英语四级考试……顿时，小安感觉眼前一片漆黑，她甚至连复习的时间都挤不出来。此刻的小安多想把这一切活动都推掉，潜下心来做点自己想做的事。但所有人都在说"小安好能干噢""这项任务非小安莫属！""小安，看好你哦！"甚至连社团中的各部门部长都有意让小安在下一届接任他们的职位。在所有人眼中，小安在大学过得风生水起。

　　校园冬季的夜晚总是安静得让人心慌，除了偶尔勤工俭学的同学骑着一辆送快餐的自行车在雪地中穿行，大多数人都选择躲进寝室温暖的被窝抑或是供暖良好的图书馆。厚厚的积雪尚未消融，新一轮的大雪又覆了上去。不久前，学校组织全体大一新生扫雪，小安还为此写了不少稿子。主楼的灯光明亮依旧，小安可以清楚地记得，每一个社团都处于哪一个楼层。还记得刚入学时，小安站在主楼楼下，望着这座全校最高的建筑，下定决心要走进去，在那里争得一席之地。曾经的信誓旦旦而如今却变成了言不由衷。小安对待社团活动的态度越来越消极，频繁的聚餐也让小安疲惫不堪。眼看着下学期各大组织即将换届，曾经打着因兴趣和梦想旗号聚在一起的人突然变得满腹心机，疲于应付各类关系的小安对这样的社团心灰意冷。然而每次小安想拒绝甚至想提出退出时，总会被那些或羡慕、或期许、或赞扬的目光搞得晕头转向、犹豫不决。"如果我不接受这个任务，老师和同学会不会对我有所看法？他们会不会认为我居功自傲、自以为是？万一因此而导致我在大家眼中的形象大打折扣，万一我与竞选下届干部的机会失之交臂，我这半年的努力岂不是付之东流？"

"但是，这些社团占用了我大部分时间，如果我不选择适当的放弃，那么我的学业又该怎么办？我还有各种证书要考，还有各类书籍要读。而且这些小团体间的'内部矛盾'也让人焦头烂额、身心俱疲！"

这一刻，小安真切地感觉到自己并不是超人也不是天才，她既没有能力代表月亮消灭那些烦人的任务，也没有机会拥有一个像大白一样温暖贴心又能解决各类疑难杂症的"护卫"。她没有办法一面在各类社团活动中游刃有余，一面又能以优异的成绩霸占全校各大奖学金。

要学业还是要社团？要成绩还是要"仕途"？大学社团，令人充满幻想也让人难舍难分，是否能找到一个折中的办法调节好这两者之间的关系？小安已经傻傻分不清……

━━━━━━━━━━🌓东子说法

经过十几年的寒窗苦读，莘莘学子揣着截然不同的两种心理走进象牙塔。

一种认为自己苦拼多年就是为了考大学，而今目标实现了，也该歇歇脚了。于是，开始懈怠，不思进取，想一觉醒来捧个毕业证和学位证了事；另一种则是想用激情点燃梦想，刻苦学习，积极参与，准备继高考之后再展宏图。

抱有第一种思想的同学认为，考上大学就是船到码头车到站，于是绷紧的神经一下子松弛下来。我接触过这样的同学，在中学时积极性很高，可考上大学后就判若两人了。他们想自己苦过累过，现在也该好好玩玩。于是，今天结伴游名山，明天相约观奇景，后天去谈情说爱，乐不思学。结果荒废了学业，考试挂科，拿不到毕业证……

小安同学显然不是这种学生，那她就该被归结到第二种里面。可这第二种想法的同学也分两类：一类主攻学业，像高中一样，依然是"闭门只读圣贤书"的书呆子型；另一类就是像小安一样的疯狂参与型。

请注意我使用的"疯狂"，积极参与是好事，但做任何事情都应有个度，物极必反嘛，如果到了疯狂的程度，也只能是事与愿违。小安之惑也正说明了这一点。

抱有第一种不思进取思想的同学，肯定是不可取的，最终他们必然会为自己的惰行纵乐买单。而勤奋学习的"书呆子"也是东子所不赞成的，正如前文我说的，熟知上下五千年却不会与人打交道，考出高分却自理能力低下，这样的大学生将来是很难适应社会发展的。

那么，是不是像小安这样积极参加各种社团活动，并且做得风生水起的大学生就会成为时代的宠儿呢？

非也。

说到这，让我想起女儿在上大学临走时，我告诉她的话："大学你要学的东西有很多，绝不仅仅是专业课，要适当参加社团活动，多听一些校园讲座，多到图书馆看书……但是专业课是第一位的，这一切都应在不影响专业课学习的情况下进行。"

女儿入学后加入记者团成了校报编辑和记者，加入广播台做了栏目策划和主持人。仅仅是这两个社团组织，她就不停地开会、采访、编辑、播音、主持……忙得不亦乐乎，专业课学习受到了极大的影响，以至于出现了挂科的情况，要知道她曾是该校当年在吉林省录取的56位文科生的第一名啊。

对此，我严肃地批评了她，孩子也作了深刻的反思，推掉了相关社团工作，专心投入学习。最后，她以全优的专业课成绩结束了大学学业。

大一和大二期间，参加社团活动，对开阔视野、培养锻炼各种能力都有好处，但千万不可贪多。一般情况下，参加一两个自己喜欢的即可，而到大三以后就该全身而退，专心投入学习。

无论是中小学生，还是大学生，即便是硕士、博士生，学生自然是以学习为主。如果因为参加社团活动或其他活动而影响了专业课学习，那完全是本末倒置的。

健康的大学生活应该是"学""活"结合，把专业课放在首位，在不影响专业课学习的情况下，身有余力，积极参加各种社团活动。这样不仅能够提升自己的综合能力，也丰富自己的校园文化生活。

如此，多姿多彩的象牙塔才会成为你起飞的助力器。

干吗非得逼着我学英语

　　马上就要考英语四级了，小希将一大摞复习资料堆在我面前，郑重其事地跟我说："这一次，我要头悬梁、锥刺股！"

　　我的心"咯噔"一下，含在嘴里的阿尔卑斯糖险些咬得稀碎。倒不是震惊于她突然的发愤图强，只是为这几百块大洋的复习资料心疼。小希对英语的憎恶可以用"深恶痛绝"四个大字来形容，如果不是要考试，我敢打赌，小希这辈子都不想碰它。

　　小希与英语的"恩怨"由来已久，从初中起，英语就是她的噩梦。都说女生学英语有天赋，而一个文采飞扬、回回文史哲都能拿高分的女生就更有天赋。然而，我们的文艺女青年小希"童鞋"，以自己的亲身经历证明了什么叫作"童话都是骗人的"。

　　从小学起，小希对英语就极度"不感冒"，要不是曾经小希的妈妈追着她将英语恶补了一个暑假，估计她连26个英文字母都认不全。后来上了初中，一个刁钻刻薄的英语老师几乎成了小希童年里最"难忘"的记忆。一次课堂上，老师提问draw的汉语意思，小希回答"画"，于是老师让她站了一节课。原因很简单——小希答错了。她在回答"画"时加了个儿化音，于是"画"变成了"画儿"。在老师眼里，"画"是动词，而"画儿"是名词，"这么简单的一个单词连词性都搞不清楚，不让你站着还要把你供着吗？！"

每当小希讲这个故事时都气愤得想摔杯子，"你怎么能依据一个儿化音就确定学生一定不清楚这个单词？万一是学生普通话不标准呢？万一是你听得有误呢？你多问一句就不行吗？这么主观臆断是谁给你的勇气？除了能证明你现代汉语学得不错，你还能让我说点什么？！"

在这位英语老师"英明神武"的教育方法的指导下，小希战战兢兢地走到中考，据说因为英语实在"惨不忍睹"，小希与重点高中失之交臂。

高中时的小希并没有在高考严峻形势的逼迫下选择拯救她处于水深火热的英语，小希也曾想过改变，但对于一个读三行英文就能睡着的资深菜鸟来说，这简直是天方夜谭。

虽然小希的英语成绩不忍直视，但并不代表小希一事无成。同样是语言类学科，小希的语文和英语却如冰火两重天。如果将小希的英语比作双"十一"里低价促销的日用百货，那么小希的语文就是摆放在奢侈品专柜里的高端大牌。

从小到大，小希的作文永远都被当作范例。背起古诗也是一副欣欣然陶醉其中的模样，讲起古文，旁征博引，更是头头是道。一时间，小希成了那一年语文老师最得意的弟子。就在平时，无论你是跟她聊天文还是说地理，谈古今还是讲中外，小希总会跟你找到几个共同话题。一次上晚自习，小希和前排的班长聊了一节课的"中国文字演变"。因为在小希心里，繁体字才能彰显民族底蕴，而班长却执意说简体更为简洁高效。

上了大学的小希更是将自己的才能发挥到极致。作为一个文艺女青年，小希偶尔也会帮远在天边或近在眼前的同学好友写些小诗散文。曾有位高中校友，请小希代写一封情书，强调一定要是古体诗，要合辙押韵，最好再有点小创新。我们都觉得这位仁兄"不太道德"，明明答应帮忙了，要求还这么多。然而我们的小希，在凝思片刻之后便结束了任务，把一首藏头诗发了过去，让在一旁的我们看得目瞪口呆。不得不承认，小希有将一碗"红烧牛肉面"写出"满汉全席"味道的才能，就好像美了颜的照片，人还是那个人，但怎么看都感觉美美哒。

但上帝并未因此而放小希一马，再靓丽的文艺女青年也逃不出英语四级的魔爪。

从开学起，小希的妈妈就在给小希打预防针，每次通话都能听见手机那头对小希的千叮咛万嘱咐："你英语学得怎么样啦？马上就要考四级了吧？这次英语不许拉后腿了，说什么也要把四级过了……"电话这头的小希一味地点头称是，直到挂了电话，抱着枕头又是一阵鬼哭狼嚎。

其实在我们眼中，小希是个才女，即使英语不好也无伤大雅，毕竟人无完人。但对于每一个大学生来说，英语四级以及六级考试是我们必须完成的一项任务，哪怕为了将来简历中外语这一栏不落空呢？

后来的小希甚是可怜，12月和6月的英语考试皆以失败告终。转眼上了大三，面对不断催促的家长和考级成功同学的日渐增多，小希已是欲哭无泪。

"真是够了！真是够了！真是够了！"小希嘟囔着嘴，面对着一摞复习资料，她说，重要的事情说三遍。

都说"有志者，事竟成"，不知道在小希身上是否成立，是小希在英语上真的没有天赋，还是她的努力不够？眼看着下一次四级考试又要来临，小希心里一点底都没有，总有一种大难临头的感觉。小希常说："她宁愿在浩瀚书海中死去，也不愿在英语单词里重生。"当然，浩瀚书海里不包括英语。

这一次小希似乎真的下定决心，喊着"good good study，day day up"，说自己要好好学习，迎接四级。纵然这决心是在一片声嘶力竭的抱怨声中定下的。

不仅是小希，我生活中有很多这样的例子，他们不是英语专业的学生，也不打算走出国留学这样一条路。他们各具所长，又各有所短，他们可以在自己的一方天地里策马奔驰，却不得不在英语面前抓耳挠腮。英语，到底重不重要？四级，我们到底该不该考？我们是应该面对困难迎难而上，还是应该扬长避短发展自己的特长？

To be or not to be，that's a question.

————————● 东子说法

如今，英语在中国有时已被供到比自己的民族语言还重要的位置，这是彻头彻尾的教育"怪胎"。

一个民族不重视国语的培养，而是大力发展外语教育，把英语推上了天，造成全民学英语的狂潮。而所有的英语学习，如果都只是为了各种考试、晋级，几乎全部是哑巴英语，这就是当下的"中国式英语"。

现在无论是中考、高考，还是考研、读博，都要过英语这一关，甚至就连上小学都要测一测英语，以至于中华大地出现了无数双语（英汉）幼儿园。很多国人以学英语为荣。一个70多岁的农村老汉学英语得到了媒体的颂扬，东子想了8年也没想明白，他的意义何在呢？如果说这个老汉学学跳舞、扭秧歌，至少可以健身强体、丰富生活，就是学打麻将，也还可以娱乐娱乐呢。可他学这外语有啥用呢？

2000年，在美国生活了近20载的世界顶级艺术家陈丹青被清华大学美术学院聘为博士生导师。当年报考博士生的5名入围者，皆因外语不过关而落榜。后来，校方特意让五位考生转以"访问学者"名义入学。然而一年后，5名"学者"再次因英语分不过线离开清华；同年，20多名投考陈丹青画室硕士生的考生无一人通过英语考试。"我完全疯了！"陈丹青回忆道，"这还不如'文革'后我上学那会儿啊！"当年年底，他发长文"痛骂"艺术教育的英语考试制度。而在中国，像陈丹青这样有血性的学人又有几个？

一个美术博士生只要有高超的艺术水准，能画出好作品，就足可以了，干吗还非要英语啊？

同理，一个文科大学生为啥非要英语达到多少级？一个从事文学创作的中国作家，干吗必须学习英文，作品好自然有翻译译成外文出版。如果作家同时会多文种写作，翻译不就失业了吗？

东子几十部作品的读者都是华人，所以用汉文写作不受影响。可2014年我的两部作品在越南用越南语出版，按以上逻辑，难道还得要我学习越南语？至今我一个越南文都不认识，但并不影响越南人阅读我的作品。

这让我想起前两年我和女儿到访俄罗斯的事。因为购票，我们与售票的俄罗斯人起了争执，虽然我汉语顶级，女儿英语六级，但我们都不会俄语。我用汉语与其交流，对方听不懂；女儿用英语与其沟通，俄罗斯人一脸茫然。于是，女儿不停地向过往的当地人用英语咨询，问了10多个人才勉强沟通明白。

我们原以为作为世界通用语的英语全世界都在学，而俄罗斯人告诉我们："我们是俄罗斯人，为什么非要学英语？"

是啊！我们是华人，为什么非要学英语？

东子认为是民族不自信和决策者太片面而致，其结果自然是劳民伤财，得不偿失。

如果小希将来从事与涉外（特指英语）相关的工作或要考研，那这个四六级对她就是很重要的。前者涉及到实际工作应用，而后者则是一块敲门砖。反之，她大可不必太过重视。

取长补短有两层意思，一是取他人之长补己之短，这一点我是赞成的。而放弃发展自己之长，来发展自己的短板，我则坚决反对，因为它违背因材施教的科学规律。

门门通不如一门精。

把你的专长发挥到极致，你的人生一样精彩无比。

人无完人，有缺憾才构筑了完美的人生。所以，依据小希的情况，把这些生涩难懂的英语资料置之一边，策马奔腾在我们的梦想之路，畅游那绚丽多姿的人生……

计算机等级证啥用啊

大学生吐槽

新一轮的计算机等级考试又来了……

就好像是累得半死不活跑完了800米，掐秒表的家伙突然跟你说他忘了计时一样，当学习委员大张旗鼓地将"国二"报名信息发布在QQ群里时，我知道，去年的120块现大洋几乎每个人都打了水漂。

大多数大学生，面对考等级证书这种事，几乎可以分为三类：第一类，像卧薪尝胆了十年的勾践，只要一有机会，就要激流勇进、发愤图强，一发不可收拾；第二类，就如陶渊明附体，永远一副"世与我相违，复驾言兮焉求？"的人生态度，不管是计算机、英语还是普通话，神马都是浮云；第三类，有点像灰太狼大叔，久经沙场的老将，每次失败都要毫不气馁地大喊："我还会回来哒！"

然而通过这次报名，我发现属于第三类的同学还是占大多数。

我身边就有两位。老A是与我同一专业的好友，临近放假时报了Access二级，没想到恍恍惚惚过了一个暑假，考试的事早就抛到九霄云外。刚开学不到一个月就要开考，搞得老A措手不及。

都说"临阵磨枪，不快也光"，怪只怪老A已经锈得不成样子，再也经不起风吹雨打。没办法，钱已交，名已报，最终老A只能硬着头皮上了考场，其结果可想而知。这回老A又报了名，几个同学聚会唱卡拉OK，老A特意点了一首刘欢的《从头再来》，为他的此次"出征"践行。事后我问他为什么一定要考计算机，不考不可以吗？老A拍了拍我的肩膀，"语重心长"地说："既然大家都在考，我不考岂不是天理难容？"我瞬间感觉自己头顶延伸出几条黑线："啊？这都是什么理由？"

小B是我的同班同学，那一年我们计算机学的是Access，老师也建议我们趁热打铁，报Access更为保险，然而特立独行的小B并没有听从老师的忠告，毅然决然地报考了MS Office高级应用，但并不是所有的出其不意都会大获全胜，纵使是Office也没有阻挡小B名落孙山的步伐。后来我问她为什么会去选报Office，她说因为在众多计算机等级考试的科目中Office更易通过，要得到证书自然要找一个简单一点的。这一次，计算机再次报名，我问小B是否有重考的打算，她毫不犹豫地回答："当然啦，多一个证书总比少一个强呀，况且将来毕了业，这些都是敲门砖。"

小B说得不无道理，和大多数同学一样，面对像计算机这类等级考试，我们都会选择参加。不是说它有多重要，但当所有人都选择了这一条路时，我们不免都会有危机感。就如小B所言，这些都是在为未来就业打基础，或许你拥有一个证书证明不了什么，但你没有，就会少了一份与别人竞争的资本。

上一次计算机等级考试我并没有报名参加。一是因为时间短、准备不充分；二是因为整个暑假我都在忙着做兼职，无暇顾及；三也是自己拿不定主意，不知道这一纸证书的作用到底有多大。

虽然名没报，但整个人也纠结了一个暑假。

不久前，去看望"失联"已久的老姐，准备从她那里找几句"金玉良言"。刚刚从名校毕业的她，没有急着考研或是找工作，而是扬言要来一场说走就走的旅行。嘴里哼着许巍的《旅行》，背上背包，就要"仗剑走天涯"，说是要把大学四年消耗在图书馆里的青春补回来。然而，这场轰轰烈烈的Gap Year，最终在她母亲大人的一声令下中终止。

虽然老姐嘴上说要"放荡不羁爱自由"，但实际上还是一个很靠谱的人。最起码，作为一个"过来人"，她的考试经历对我还是有指导意义的。

老姐是大一下学期开始准备计算机等级考试的，那时他们的计算机老师是个架着黑框眼镜的中年妇女，平日里不苟言笑，留着一头终年不变的及肩中发，说话的声音就像是心跳停止时的心电波，永远留在一个音调上。每每上课，她的声音都像是催眠曲，却也是斩头刀。谁要敢在她的课堂上打瞌睡，那么这学期的课程就不要想考高分了。所以，当这位声色俱厉的老师跟你说计算机等级考试很重要时，没有人敢提出质疑。

接下来的故事，就是老姐与其他同学们一样"头悬梁，锥刺股，攻克计算机"的日子。但老姐的运气比起上文我提到的那两位要好得多，一朝考过，如释重负。

"之后呢？"我问。

"之后？没有之后啦。"老姐深吸了一口饮料，悠哉地坐在转椅上晓着二郎腿。

"它真有你们老师说的那么重要？"

"这个嘛……"老姐挠了挠头，"因人而异吧，我是学物理的，对你们文科生的事真不了解。"

……

最终我也没有问出个所以然。后来老姐去了外地，至于用没用上她的计算机知识还是个不解之谜。

又一次计算机等级考试即将开始，我是否也要投入这滚滚洪流之中？这一纸证书，到底是为了求一个心安理得，还是真的对自己的实力有所提高？

"计算机等级证"到底有啥用？

🌀 东子说法

说实话，到现在东子也搞不懂这个"计算机等级证"干吗的，有啥用？为了写这篇文章特意来个恶补。

"全国计算机等级考试"是经教育部批准，由教育部考试中心主办，面向社会，用于考查非计算机专业应试人员计算机应用知识与技能的全国性考试体系。考试采用全国统一命题，统一考试的形式。所有科目每年开考两次。考生可根据自己的学习情况和实际能力选考相应的级别和科目。自1994年开考以来，考生人数逐年递增，至2015年底，累计考生人数超过7000万，获证人数达3000多万。

原来，这还是和那个"英语四六级"一样的国考。可看后我依然不明白，这样的考试除了给主考单位和相关人员借机敛财，让一些人富起来，又有啥实际意义呢？

现在是信息技术时代，计算机是我们日常生活和工作中不可或缺的工作、学习和娱乐用具，是人人都应该掌握的基本技能。考与不考，该用的自然会学，而无所需求的学了也没用，就像不会"抡大勺"不敢下厨一样，有没有那"两把刷子"自己还不知道吗？

再说，在应试教育大环境下，这样的证书能保证货真价实吗？

东子办公室在招聘行政助理时，几乎所有90后大学毕业生的计算机应用能力都不如我这个60后：打字没我快，排版没我好，做图很多功能不会使用……而他们当中大多数是拥有教育部考试中心颁发的"全国计算机等级证书"的。

计算机等级证和其他证书一样，都是靠考试"考"出来的，而不是实际应用能力"做"出来的。现在无论是大学还是中小学，很多学习和考试，都没有做到知行合一。也就是我们学的很多东西只是应景的，没有考虑它的实际应用价值。

前几年，看过《楚天都市报》的一则报道，武汉市一个小学六年级学生，报名择校时，带了"星级学生""优秀少先队员""优秀播音员""科技小博士""文艺小明星"及奥数、英语、作文、古筝、诵读、计算机等竞赛和考级的59个证书。

而现在很多的大学毕业生续写了这个小学生的"辉煌"：毕业证、学位证、驾驶证和各种等级证。少的七八个，多的几十个。如果再加上小学和中学有的超百个，而拥有上百个证书的大学毕业生，有的也只是应试教育催生出来的"怪物"，不可能是超长之才。

真正有本事的未必就有那么多证书，而拥有一堆证书的未必就有真本事。任何领域的高手都不是因为拥有的证书多，而是实际操作能力强。

其实，如果是专业技术人员，考个级倒也无可厚非。可非专业人员非要让其考个证，这样的举措真是害人害己，应试者也是自欺欺人。说白了，那纸证书用处不大。如果非要说它还有点用的话，也就是刚才那位同学所说的多一块敲门砖。可问题是，即便你敲开门了，由于自己不具备相应的计算机操作能力，不也是白扯吗？

无论是否能当敲门砖，计算机的基础知识和操作技能是所有大学生都必须掌握的。因为无论我们的工作还是生活，都是离不开计算机的，可以说你的计算机操作能力某种程度与你的工作业绩和生活幸福度是成正比的，这一点东子深有体验。

通俗点说，那个证考不考无所谓，但是计算机的应用能力必须具备。当然，既有能力又有证书，喜乐双佳自然美美哒。

大学上得这个闹心

大学生吐槽

闺蜜Miss张来了，带着一张忧郁的脸。

此时的长春正值冬季，寝室外的马路由于无人清扫已经结了一层厚厚的冰。据说不久前，正巧有两辆轿车驶过，其中一个车轮打滑，于是悲剧发生了。而看着眼前闺蜜阴云密布的表情，绝不亚于当时车主面对爱车惨遭横祸时悲愤的心情。

于是整个故事由Miss张的一句"大学上得这个闹心"开始。

坑爹的"伙伴"

在大一时Miss张成为了学生会的一员，和所有初来乍到的小丫头一样，Miss张对这个团体既好奇又畏惧，同时也因自己能够从众多候选者中脱颖而出而感到沾沾自喜，那时的Miss张并不知道，能不能进学生会，有时只不过是学长学姐的心情问题，但Miss张依旧想象着在不久的将来，通过自己的一番勤奋刻苦、努力拼搏，就能走上"人生巅峰"，如同现在站在她面前闪闪发光的主席一样，简直像是自带BGM的男主角，全身上下散发着难以抵挡的光芒。

然而"梦想很丰满，现实很骨感"，这样的好日子没过几天，问题就接踵而至。那时学校即将举办一场活动，宣传策划工作就落到了学生会身上。令Miss张惊喜的是，自己初出茅庐就接到了第一份任务——为此次讲座制作海报。同时另有一位伙伴与Miss张组成搭档。但就如不是所有的牛奶都叫特仑苏，所有的搭档也未必都能与你齐心协力，Miss张遇见的这位就是其中一个。从合作的第一天起，Miss张就很少能见到她的身影，对于这种"三天打鱼，两天晒网"的行为，她总是有无数的理由推脱，而Miss张竟然每次都鬼使神差地谅解了她。故而当Miss张又一次看到她发来信息说自己有事，结尾处的那句"么么哒"都让Miss张有一种将她"杀之而后快"的冲动。好在功夫不负有心人，这张海报，终于在Miss张历经千辛万苦，熬了三天三夜之后大功告成。而就在Miss张"泪流满面"地准备将这幅作品上交给老师时，那位伙伴破天荒地蹦了出来，一副嬉皮笑脸的模样，拉着Miss张和她的劳动成果去了老师办公室交差。老师看到作品后甚为满意，夸赞Miss张二人创意独特、构思巧妙。结果，一个好逸恶劳的心机女就这样不费吹灰之力和Miss张共享了胜利果实，搞得Miss张恨不得做个小人扎死她。

但作为一个有气质也有气度的有志青年，Miss张决定保持作为人类的优雅，结果，Miss张一个星期都没吃好饭。

焦头烂额的学习生活

那段时间的Miss张爱极了《欢乐颂》，几乎把它当成了人生教材。看惯了心灵鸡汤，偶尔换一个口味也甚感不错，甚至Miss张还要从中挖出点人生真谛、智慧良方。然而，故事终究是故事，Miss张没有曲筱绡那么好的家世背景，也没有安迪碾压智商的过人天赋，更没福气遇到像22层那么"惊天地，泣鬼神"的闺蜜。升入大二的Miss张面对越来越紧张的学业压力，倍感迷茫。

　　高考时的Miss张，由于太过焦虑而导致"超常"发挥，结果与一本院校失之交臂，考进如今这所大学时，几乎是带着"卧薪尝胆"的心情郁郁而来。对此Miss张并不甘心，故而上大学之前，Miss张就给自己定下了两个"人生大计"：一个是学好专业课，为将来考研打基础；二是提高社会实践能力。但反观如今，Miss张并没有鱼和熊掌皆可兼得的非凡能力。学生会的工作越来越多，人际关系也越来越复杂。各部门"领导们"颐指气使、勾心斗角，"属下们"溜须拍马、阿谀奉承。每天除了奔波于各个会场，做各类活动的搬运工，就是没完没了地设计、撰写各种各样的海报、宣传词，然后深更半夜，在众人都已梦蝶庄周的时候守在电脑旁，等待着各类姗姗来迟的资料，最后对方还要极其郑重而严肃地跟你说，这些资料明早就要整理好交上来！于是，Miss张只能顶着两只黑眼圈，在哈欠连天的深夜完成这些以"为学生服务"为名义的工作，到头来，到底服务了谁，Miss张不得而知。这些冗杂苛刻的工作让Miss张越来越反感，同时它也占用了Miss张大量的学习时间。如今的Miss张想找一个安安静静学习的时间都难。每当走过图书馆，看见窗边伏案读书的同学，Miss张都不由想起那些"无职一身轻"的日子，还是老爹教导得对——"万般皆下品，唯有读书高"。几个月下来，Miss张并没有感到自己的能力有多少提高，反倒是学习一落千丈，最终竹篮打水一场空。

　　教学楼里的考研光荣榜已经换了两届，距离Miss张毕业也越来越近。不久的将来，Miss张是否能在此处占据一席之地还是个未知数。毕业后，Miss张打算继续深造，然而最让Miss张苦恼的是，自己对未来的考研方向还是一无所知，纵使想要负薪挂角、韦编三绝，也是心有余而力不足。

闹心的新寝室

屋漏偏逢连夜雨。更令人头疼的是，Miss张住了半年的寝室莫名其妙地漏水。瞬间，一个寝室的八个室友成了流离失所、无家可归的"难民"，不得不辗转于其他尚有空铺的寝室安居。于是Miss张用了半天的时间，整理、搬运、打扫、清理，被宿管阿姨安排到一个新的寝室。但Miss张可以用半天的时间来搬家，却未必能用半天的时间处理好与新室友的关系。面对新的环境，Miss张多多少少还是有些不适应。而其他室友对这位突如其来的"客人"也多少有些排斥。不同的生活习惯、迥异的人际关系，在Miss张与新室友间形成了一条难以逾越的鸿沟，使Miss张愈发怀念曾经室友们在一起的快乐时光。

转眼间又到了年末，这是Miss张在大学度过的第二个冬天，但心情却不复往年的欢愉。如Miss张一样，学习、生活、人际关系……越来越多的烦恼也在困扰着我们，让我们迷茫，让我们无措，渴望摆脱却又无计可施。

到底我们该如何对待你——闹心的大学？

———————— 东子说法

大学的学生会就是一个小社会，无论是当主席、部长，还是一般的干事，只要用心去做都会有所收益。其实，无论是学生会，还是其他社团组织，既然参与了就要用心，而努力地去做了，没有虚度年华，这本身就是一种收获。有些收获是有形的，而有些则是无影的。你的收获显然是后者。

所以，你在学生会不是没有学到啥，而是收获满满。这个大学你上得也很值！

通过学生会这段时间的历练，你的宣传策划能力、写作能力、沟通能力都不同程度地有所提高。进步是一种很私人的东西，很多时候当事人自己并不一定能察觉到。因为你看不到自己的收获，由此有了这番抱怨。

造成这种心理的原因主要有两种：第一是你看问题的角度有问题；第二是你的心态问题。你一味地追求完美，放大了不悦，不看看自己得到的，只盯着失去的，自然感受不到所获。其实，如果你换个角度来看待自己的大学生活，你比很多同学得到更多的锻炼机会，你的策划和写作能力优于他人，定会有很多同学在羡慕你；一分耕耘一分收获，鱼和熊掌想兼得的有很多，可美梦成真的却很少，付出一份努力索求两份回报，这种贪婪的心态是万万要不得的。

抱怨的心态即便是在百花园也难觅花香，你看到的不是娇艳的花朵，而是凋零和枯萎的残叶。换种心态回过头再来看你来时的路，则大不同。那里有你倾洒的汗水，有你付出的辛劳，同样也有你的劳动成果，每个人都是这样成长起来的。

既然鱼和熊掌不可兼得，那你就必须要学会"放弃"。取舍之间游走于我们的整个人生，舍是另一种得，也是一种大智慧。

前文我说过，我的女儿在大一和大二的时候也如你一样，忙得不可开交，以至于影响了学业，调整后成绩迅速上去了。后来获得能力和学业双丰收，大四自己找到北京一家国家级媒体实习，而后留在了那里工作，而且工作干得顺风顺水。想想，如果没有她在记者团和广播台那两年的历练，会有今天的工作成果吗？

所以，勇于争取，也要懂得放弃。事能知足心常惬，人到无求品自高。

接下来，我再和你说说"搭档之累"和"环境之惑"。

你的那个搭档就是时下所称的"心机婊"。生活中这样的人很多，但我们不能一竿子打死，有些就是爱耍个小聪明，有的则是处心积虑。如前者以后少搭理就行了，而后者可要避而远之。你的这个伙伴显然是前者小聪明类的，如果你有耐心还可尝试着把她"教育"过来。教育就是一种影响，只是谁的影响力更大。

人在任何环境中，人际关系都非常重要，它决定着我们的工作（学业）和个人幸福度。新到一个群体不适应，或者群体对新的个体有所排斥，这都是正常的。只要你敞开心扉，以诚相待，相信很快你就能融入这个新的集体。"路遥知马力，日久见人心"嘛。

现在看来，你上大学之前定下的两个"人生大计"，提高社会实践能力已经基本达到了，下一步就是向专业课进军了。但不要操之过急，建议你先放空一段时间（一周左右），此间要协调处理好宿舍人际关系。然后，调整好状态，开足马力，向理想进发……

我真想"弹劾"这个老师

临近岁末，再过半年西瓜君即将步入大四的行列，告别如梦魇般的听课时代。三年里，西瓜君跟着十几位老师上了十几门专业课，除了听课，也听出了人与人的差别。

记得刚见到西瓜君时，就被他一头"惊世骇俗"的西瓜太郎发型所震撼，由此他也得到了一个"西瓜君"的别号，这时的他总会很鄙夷地瞟过一个白眼，说我太OUT，连《中国好声音》的冠军李琦都不知道。后来一问度娘才发现，原来西瓜君与李琦有着相似度近乎百分之百的发型，但他并没有因此而摆脱"西瓜君"这个称呼。

虽然西瓜君对我为他起的这个别号并不是很认同，但相对于那个让他做了整整一年噩梦的逻辑学老师来说，这都是小巫见大巫了。

据说，这位老师名曰"老黄"，从他那摘下来可以当茶托的眼镜片来看，资历也算不小。操着一口流利的重庆方言，把西瓜君这个从祖国最北端赶来的学子听得云山雾罩。平时交流西瓜君勉强可以听懂，但课堂上涉及到许多专业术语，使西瓜君不禁感到吃力。最后，被逼无奈的西瓜君只能每次上老黄的课都早早地跑到教室，抢占第一排的有利位置。既然语言不通，就只能靠笔记来补。西瓜君自认已使出"洪荒之力"，但他逻辑课的噩梦并没有就此结束。

老黄上课自称紧跟时代潮流，每节课必用PPT。但也不知这份PPT的年头有多久，教科书一改再改，学生一换再换，但唯独老黄的这份PPT始终"屹立不倒"，似乎大有传遍千秋万代的势头。老黄对自己的教学材料爱得难舍难分，却苦了西瓜君一众学子。上课听得已经是不知所云，抄得也是云里雾里，根本与课本判若两"书"，完全找不到重点。

老黄照本宣科也就罢了，但令西瓜君忍无可忍的是他还要装作一副将讲义烂熟于心的样子。先瞄一眼PPT，然后眼睛迅速上挑，故作沉思，再把PPT上的内容原封不动地讲给大家听。这算是讲课吗？西瓜君感觉老黄选错了职业，他不当演员真是屈才了。

就这样，老黄的课一天天地讲着，学生一天天地熬着。既然听不懂，很多学生干脆选择放弃，玩手机的玩手机，睡觉的睡觉，逃课的逃课，偌大的一间教室，剩下的尽是些空荡荡的桌椅。后来老黄也发现这样下去不是办法，为了挽回他作为一名知识传播者的尊严，于是他决定——点名。上课之前点一遍，下课后关上前后门再点一遍，而且下课时是点完一个走一个，绝对把滥竽充数者消灭在萌芽里。最后的效果甚是可喜，空荡荡的教室又一次坐满了人，但是"用点名的方式留住学生，就像是小三用怀孕来留住情人一样令人发指"，西瓜君曾这样说过。

上老黄课的感觉就像是走在重庆缙云山的盘山小路上，抬眼望去尽是一片云遮雾笼，偶尔一阵手机铃声响起却又将众人从黄粱美梦中惊醒。2016年，全国人民很忙：宝强忙着离婚，女排忙着夺金，张继科忙着圈粉……然而不知为何，老黄的手机就如时不时窜出点花边新闻的里约奥运，少有歇息的时刻。难道真是"家事、国事、天下事，事事关心"？上课时间无论老师还是同学都应将通讯工具静音或关机，这是学校的规定，也是起码的尊重。但老黄不但让手机肆意"喧嚣"，还堂而皇之地接听。此时发现，老黄不但有当演员的天赋，还有做业务员的潜质，真是"多面手"！

不过，就算老师有千般不好，万般不足，但最让西瓜君牵肠挂肚的还是期末考试。若是可以通过考试，就算如老黄这般"任性"，西瓜君也可以做到"既往不咎"。学校三令五申强调期末不可给学生划重点，原本大家对老黄也没抱多少希望，但老黄却破天荒地发挥了逻辑学中的排中律，既然不让划重点，那咱们就划非重点。此举使得老黄的形象在西瓜君的眼中顿时高大了许多。以前种种对老黄的鄙视与厌恶，也变成了膜拜与赞扬。

临考时，西瓜君自信满满地走到考场，结果接到考卷却傻了眼。老黄很巧妙地避开了他所暗示给同学们的"重点"。整张考卷，西瓜君会答的题不到一半，看样子，这一科是必挂无疑，西瓜君已经做好了最坏的打算。但就在考试结束不久，老黄委派班长传来一条消息，拐弯抹角说了一堆，总结起来其实就是让想及格的同学交点money。虽然交钱是每个同学都不愿面对的事实，但一想到补考或重修还是这个老师教，倒不如及早交钱，免得他来年再"物价上涨"，权当是破财免灾了。

三年过去了，每当西瓜君提起老黄依旧是恨得咬牙切齿。

每一天我们都要辗转于不同的课堂，每一天我们都要面对形形色色的老师。作为一个大学生，学习是我们的义务，也是我们的职责。手里捧着父母的血汗钱肆意妄为，错误在我们，但如果我们认认真真地坐在教室里看着老师肆意妄为，错又在谁呢？

从小到大，我们都怀着一颗崇敬的心来看待老师，无论我们成绩是否优异，无论我们能力是否提高，但对老师的尊敬从未改变。而如今，一些老师的行为却让我们愈发失望，可面对这样的"老师"，我们又有啥办法呢？

──────────── 🌓东子说法

　　人对某一事物的追求过程中，极易把它想象为完美无缺的理想化模式，在充满幻想的高中时期，很多人对大学生活有一种朦胧的神秘感，总会把它想象为神圣或尽如人意的，认为大学是美丽的天堂，是一座圣殿，是一方圣洁之地。当真如愿以偿后，却发现没有想象的那么好，甚至感到"不过如此"。

　　距离是一种美。距离没了，美也随之消失。

　　其实，东子当年也曾有过这样的感受。

　　我是经过漫长自学后叩开大学门的，带着欣喜来到千年古都西安，走进陕西师范大学。虽然那时我已年近而立，参加工作多年，而且小有成就，但是依然对大学充满着无限的向往与好奇。

　　可第一节课就让我大失所望。老师是一个50多岁的老教授，那是我平生第一次听教授讲课，异常兴奋地端坐在最前排，竖起耳朵生怕漏掉每一字每一句。我认真地听着，努力地猜着，老师陕味很浓的普通话，我也只能理解七八成。我原想大学老师，特别是教授，讲课应该是字正腔圆、滔滔不绝、妙语连珠……

　　虽然有些失落，但我并没有因此而不喜欢这个老师和厌倦这门学科。后来，我不仅渐渐地读懂了老师，并由此喜欢上了这个幽默的老头，当然我的专业课也是相当不错。

咱再说回你。

应该说你比东子面临的困惑要多，因为我的那个老师人品是非常好的，而你的这个老黄实在是糟糕透顶。

如你所述，这个老师不仅学识不高，而且师德也差。这样的人，虽然是极少数，但在很多大学校园都不同程度地存在着。我们期盼美好，但无法根除瑕疵。

摊上这样的老师，作为大学生，无论是为人还是为己，我们都有责任向学校如实反映情况。如果校方惩处或更换老师，皆大欢喜；如校方不能从根本上解决问题，那我们只好自己的梦自己来圆。因为弱小的一个个体是无法和一个庞大的群体抗衡的，所以只好通过自己的努力，学好这门课程。试想，如果你们学得好、成绩棒，老黄还会"敲诈"你们的银两吗？

面对不公平和邪恶，能够改变我们就去改变它，如果不能改变就要适应它。但东子必须说明，我所说的这个适应绝不是消极地适应，而是积极地面对，通过努力使自己日渐强大。这也告诉我们：要改变现状，首先需要你自己强大起来。

我们不能因为有"老黄"的存在，就因噎废食和以偏概全。在任何一个群体，都会有类似这样的人，但这永远只是少数。纵观我们的大学校园，更多的是具有一定专业知识和良好师德的好老师。

心存美好，未来无忧。

妈呀，我挂科了

老强挂科了，虽然这不是第一次……

不过，这一次对老强的冲击尤为巨大，自从考试成绩公布之后，他整个人就像是跟着马航370去了南印度洋似的，整整一个假期都没有他的消息。不过，作为一位即将成为大学校园里资历最老、年龄最大的大四学长来说，这是在意料之外，也在情理之中的事。考试不及格可是会没有学位证的。但想想老强那些用十个手指头都数不完的挂科数量，我真心为他捏了一把汗，难怪他会"失联"这么久。

都说"宰相肚里能撑船"，但我一直觉得老强的肚子不但能撑船，还能跑得开航空母舰。听他的同学说，当他第一次听说自己挂科的时候，不过是"哦"了一声就走到食堂，一口气解决了三个包子、一张饼外加两碗粥。不知道原来挂科还有增加食欲的功效，搞得我们这些天天吵吵嚷嚷要减肥的小女生们再也不敢轻言挂科。不过回想老强"童鞋"犹如红军长征两万里的挂科历程，没有点这样的"胸襟"还真容易在半途"英勇就义"。

老强是一位十足的理工男，当年凭着"七分智慧外加三分打拼"，考上了如今大连的这所大学。那时的老强到底用了几分智慧我已无据可查，但在大学这几年的光辉岁月里，老强的智慧却再也没有助他一臂之力。

刚上大一时的老强，抱着乾隆爷下江南的心情来到了大学校园。总感觉在高中苦读了那么久，是时候该放松一下了。结果，投入"浪漫之都"怀抱的老强不出一个星期就摸清了大连所有的风景名胜：老虎滩、滨海路、星海公园、中山广场……于是开启了他长达一学期的旅游模式。虽然中途也有"浪子回头"的打算，但每当翻开那些印满了"$P_1V_1=P_2V_2=K(n,T)$"的课本时，老强就在心里安慰自己："时间尚早，临近考试再看也不迟。"但就在他还沉浸在"江山如此多娇"之中时，考试的号角已经悄然响起，引得他这位"英雄"也要舍弃江山，为之折腰。

距离考试还有两周，老强终于回归了图书馆，打算安下心来好好学习。然而，"临阵磨枪，不快也光"这句话似乎已经流传了几百年，明显跟不上社会主义发展的新潮流。像考前突击这样的手段对于文科生来说貌似还有点用处，但老强面对的是一堆写满了各种各样化学反应方程式的教科书，纵使其有心补过，也无力回天。

该来的终究会来。带着一颗忐忑不安的心，老强走进了考场。与之相随的，还有他熬了一晚上的成果——小抄。都说古人高明，记得上古代汉语课时，老师曾向我们介绍过古人的作弊技巧，一本三十万字的《五经全注》被浓缩到一套只有火柴盒大小的册子里，然而一笔一画都十分清晰，据说此种技术已经失传，但它阻挡不了老强"另辟蹊径"的步伐。

据说考试那天，老强将考试内容写在了矿泉水瓶包装纸的背面，然后将其完完整整地贴在了瓶壁上。本以为这样就会瞒天过海、天衣无缝，但不想"魔高一尺，道高一丈"，久经"沙场"的监考老师对于这样的小伎俩已经司空见惯，就在老强扬扬得意地将考试卷交到讲台前时，老师宣布了他的"死刑"。自知已挂一科的老强有种心里的石头终于落到了脚面上的感觉，之后的几场也就只能靠着他的"七分智慧"听天由命了。

几场考试下来，老强周边的同学都在讨论考试题的难易，哭丧着脸说某某科必定要挂，某某科及格就谢天谢地了。但结果是，脸拉得越长的那位考得越好，转了一圈，只有老强自己接到了挂科通知。

对于挂科，老强有两种选择：一是补考，二是重修。如果补考，虽然不需交额外费用，但无论超过及格成绩多少都只能得到六十分；而重修则按照考试人的原有成绩记录，但需交重修费并跟随下一届同学将此课程重新学一遍。培根曾说过"读史使人明智"，或许是老强游览了不少大连的历史遗迹，也受到了风云变幻的历史熏陶。深知自己"性本爱丘山"的老强，平日里上课都是三天打鱼，两天晒网，让他去重修更不可能。于是，老强决定下学期补考。

下半学期的老强颇有点改过自新的势头，立志要"好好学习，天天向上"。不过养成一个习惯需要很多天，而打破这个习惯只需要一瞬。到了期末，老强又浑浑噩噩过了半年。临近考试，老强依旧是临时抱佛脚。但这一次，老强不但要抱本学期考试的佛脚，还要抱补考考试的佛脚。结果拆了东墙补西墙，搞得老强一个头两个大。补考虽然过了，但又有新的专业课挂了科，于是这样循环往复到了大四。最后，老强也放宽了心，视挂科如无物。只等最后清考一并补回。

大连五月的赏槐会开得如火如荼，老强的补考攻坚战也愈演愈烈。马上又要补考了，不知道此时此刻的老强是什么心情，他能否重演高考的"奇迹"，凭借着"七分智慧外加三分努力"早早结束他悲催的挂科历程。现在挂科的现象越来越普遍，每当开学，同学间彼此的问候已从"你好"变成了"你挂了几科"。一到期末，微博、微信、QQ空间统统被"拜考神"的信息占满。我们知道挂科有风险，但大多数同学依旧没有办法下定决心好好学习。曾经高中时上自习都能上到十点多，但现在一个小时都学不进去，上课睡觉、玩手机，下课旅游、KTV，到了期末才想起要拿起书本开始学习，然而面对着一摞摞笔记、课本，感觉自己就像在攀爬一座耸入云霄的高峰，永远看不到尽头。

挂科啊挂科，到底我们该如何拯救你？

✎ 东子说法

不作就不会死。

挂科也是如此，如果能够认真学习，所有大学生都不会挂科，除非你的高考成绩是靠作假取得的。

自己拿镜子看看，你是谁？你爹又是谁？李刚还是李双江？甭说不是，就算是，现在也不好使！

拿着父母的血汗钱，不好好学习，整天"游山玩水"，说轻点的你是不懂事，说重些是没道德。

这再说说东子的一段求学经历吧。

2009年的东子已经是出版近30部著作的畅销书作家，可为了系统地学习中文专业知识，当然也为了体验大学的学习生活，我成了吉林大学的一名旁听生。

我是在新生军训结束后，来到学校和一年级的新生共同学习的，后来我又找时间旁听了大二和大三的课程。说实话，专业知识学得不是很多，因为有些课我在别的大学也给学生讲过，甚至不比一些老师讲得差。但是我依然收获满满，正如"功夫在诗外"一样。

每次上课，我都习惯坐在最后排靠左或靠右的角落里，整个教室尽收眼底。除却部分同学认真听讲，不停做笔记，有相当一部分学生在照小镜子搽脂抹粉、玩手机、看书、吃东西……这种情况，从大一到大三都有，大一更甚。

想想看，一节课什么都没听，这样的学生能学好？考试还能过？

如同这位"老强"，上课睡觉、玩手机，下课旅游、KTV，还想过关，那不是痴人说梦吗？如果这样一些不学无术、不务正业的都能过，让那些刻苦学习的同学情何以堪？

虽然我一直不看好书呆子，但如前文所讲，作为学生你的正业是学习，学好专业课是你最基本的职责。平时不用功，考试自然要发蒙，靠"拜考神"是无济于事的。付出和得到成正比，这样不劳而获的心理，现在是挂科的惩罚，将来是要被社会淘汰的。

所以，除却客观原因，所有挂科的人都不值得同情，主观不努力，你能怨得了谁？请"老强"们记住：人总是要为自己的行为买单的，因为善恶都有其因果。

现在需要拯救的不是"挂科"，而是你的"三观"。三观正确，问题迎刃而解，否则治标不治本，即便"科"不"挂"了，还会有其他被"挂"的。难道学习仅仅是为了不挂科吗？学习是为了掌握更多的知识和技能，这是小学生都知道的啊。当然，作为大学生，你掌握了足够的知识断然不会挂科的。

所以，只有自我救赎才能不挂科，你的大学才会有所获，你的青春才会有光彩。

加满油，准备起飞

未来，让我恐惧

　　未来，对于一群还在象牙塔里徘徊的学生党而言永远都是避不开的话题。忘记是什么时候，我听见身后的女生独带一种感时伤春的语气喃喃道："我怎么总有一种自己大学毕业找不着工作的感觉……"这话听上去很可笑，但不得不承认，面对未来，每个人的心底都潜藏着莫名的恐慌！

　　记得开学第一天，就业指导处的老师为我们作新生思想教育。当投影仪的指示灯被点亮，白色的屏幕缓缓拉下，随着老师手中激光笔一挥，第一个映入我们眼帘的就是一幅人海浩荡的毕业生招聘会图片。虽然对大学生就业困难这类消息早有耳闻，但看着图片中人头攒动、人山人海的画面还是禁不住捏了一把汗。走廊、楼梯被围得水泄不通，除了面试官身后的一亩三分地，几乎再也找不到其他立足之处。老师说，这就是去年我们的大四学长学姐们所经历的。接下来，在我们忧心忡忡的眼神中，就业指导老师开始了他的谆谆教诲。那时的我对于老师的讲话听进去多少已不记得，但那幅"惊悚"的求职照片却深深刻在我的脑海里挥之不去。不敢想象，自己四年后，在这样一群求职大军里，如何能够披荆斩棘、脱颖而出。

　　而一年之后，很偶然的一次机会，我与毕业生招聘会不期而遇。

　　那天我正打算去图书馆还书，穿过走廊时，隐隐听到楼下传来阵阵喧嚣，跑过去一瞧，原来是楼下正在举办招聘会。不过很可惜，那时正值中午，大部分人已散去，没有看到像老师为我们展示的那般壮阔场面，但还是有不少人在各个招聘点前徘徊，或是与面试人员攀谈，或是仔细阅读展报。我站在楼上，凝神望了许久，想象着再过两年，我成了大学毕业生中的一分子，是不是也会与他们一样，手里捧着简历，在每一家公司面前伫立徘徊，等待着考官们一锤定音？而那时的我又有多少成功的把握？每当想起这些，总感觉脊背发凉，不由想起我身后那个女生的话："我怎么总有一种自己大学毕业找不着工作的感觉……"

　　曾看过一篇文章，讲述当代大学生就业困难。"中国大学生的失业率达到12%，按照现在每年六百多万毕业生来计算，就有七八十万大学毕业生失业。"同时，每年高考大军数量不断上涨，各大高校扩招，看看往年的新闻报道就已是"累觉无爱"。

　　记得高中时校园喇叭里总放着李宇春的《再不疯狂我们就老了》。然而，歌词描摹的往往都是美好的童话，我们的咖啡还未续满，我们的书签依旧崭新，夏天从我们的身边摩擦离去的次数加在一起足以用来钻木取火，但那些发绿的树叶，那些还青的发丝已经成为我们梦中甜美的一角，不可磨灭也无法提取。现在如果让我们再次高唱"再不疯狂我们就老了，没有回忆怎么祭奠呢，还有什么永垂不朽呢，错过的你都不会再有……"估计多数人就要"呵呵"了。

　　我们似乎都患上了一种病，一种叫"未来恐惧症"的病，而小杜就是我见过的最严重的一个。

对未来的担忧，小杜已经到了一种无以复加的境界。任何事物都有可能成为触发小杜"恐惧症"的导火索。比如谁谁比赛得奖啦，谁谁文章上报啦，谁谁考试得第一啦……小杜总会哀叹一番，自感技不如人，之后便是担心自己未来难有立锥之地。

在小杜的意识里，她的未来"晴空一鹤排云上"的可能性几乎为零，似乎只有"毕业即失业"这样的结局才让她感觉属于自己。在小杜眼里，自己一没家世背景，二没天赋异禀，性格腼腆内向，头脑呆板木讷，有点小文采、有点小才华却也算不上鹤立鸡群、无可挑剔，可以说，掉进人堆里都未必能被找出来，比起那些八面玲珑、天资聪颖的人来说，自己不知被甩了几条大街。

"我将来凭什么能让老板录用我？这个理由连我自己都找不出来。和我水平相当的人不计其数，比我出类拔萃的人更是不胜枚举。拼颜值，我姿色平庸；拼特长，我技艺平平……"

总之，在小杜眼里，自己就是一个普通得不能再普通，平常得不能再平常的女孩子。没天赋、没潜质，无论走到哪里，永远都是衬托红花的那片绿叶，都是仰望他人光环艳羡不已的芸芸众生之一。

记得有一天晚上，小杜跟我打电话，她说她经过火车站，看着那些风尘仆仆的人群，让她想起小时候和爸爸一起回家过年，从北回归线的海滨城市一直坐到北纬四十五度的北方小城，一路上倒了无数次火车、轮船。她还记得印象最深的一次，她和爸爸险些买不到车票，最后被人群挤进了火车的厕所里。那时的她只有10岁，蹲在阴湿的铁皮旁，想象着自己十年后的样子。"我的未来也会是这样吗？十年后、二十年后，我是不是也会带着自己的孩子挤在一节混杂了异味的车厢里，一遍又一遍重复着上一辈的人生？"小杜不敢想下去……电话另一端的小杜痛哭流涕，我知道，有些经历是不可磨灭的，有些痛苦是他人无法体会的。人与人的承受极限不同，没办法身临其境，也做不到感同身受。我不能全然理解她的心情，唯一能做的，只有尽可能地理解和安慰，不管是她太矫情，还是有颗"玻璃心"，此时此刻，我都没办法跟她说："喂，你看，大山里的孩子比你惨多了，他们都没为未来发愁，你愁什么呀？"

我们都曾努力过、奋斗过，我们都曾成功过、胜利过，但那些屈指可数的成绩不过是昙花一现，绚烂过后就会凋谢。而我们的未来，是条漫长而又曲折的道路，在这条道路上，我们能撑到几时？

漫漫人生路，未来总是飘忽不定，与其让我们相信"风雨过后见彩虹"，我们更愿意相信"人生之不如意十之八九"，总有那么几个倒霉蛋是来衬托成功者的胜利光环的，而小杜不敢保证自己能够逃脱厄运。

未来，就是这样让我们恐惧。

━━━━━━━━●东子说法

现在的大学校园，具有这种恐惧心理的大学生是普遍现象。

放眼社会，无论是刚参加工作的年轻人，还是工作多年的中年人，都不同程度地抱有这种恐惧心理。眼光再放远一点，当下全球都面临这样的情况，搞得人人紧张、个个自危——恐慌时代到来了！特别是随着高科技的发展，越来越多的人会抱有这样的心理。

但这不是说，我们就活不下去了，只是要做好相应的心理调整。

　　现在大学生对未来的恐惧，我认为主要来自三个方面：一是大环境，二是不自信，三是心气高。

　　面对生活节奏快、工作压力大、失业率增高、就业率降低的社会大环境，大学生难免会产生恐惧心理，这是造成这种心理的主要因素。

　　大环境我们改变不了，但我们可以调整心态，来坦然面对这个大环境。俗话说"天塌大家死，过河有矬子"，所以你怕个甚？再者，正如文中所言：大山里的孩子，不也很灿烂吗？另外，同样的问题，不同的角度就会有不同的结果，抱有乐观心态事情就会朝着积极的方面发展，反之就会越来越糟。就像"困难是弹簧，你弱它就强"一样。

　　在这样的社会大环境下，越来越多的大学生失去了信心，由此产生恐惧。这里的不自信分两种：一种是自己有些本事的不自信；另一种是压根就没有自信的资本。现在的大学生中，后者更多一些。看看现在的大学校园，真正求知好学的又有多少。据我了解，很多的孩子在混日子，一天天就知道玩乐，怎么潇洒怎么来，他们抱着李宇春的"再不疯狂我们就老了"的思想，无度地挥霍父母的血汗钱。这是极其消极的享乐思想，迟早，他们都会为自己的行为"买单"。

　　即便如你们二位一样，不是这种玩乐型的，但也和大多数差不多，属于不出众也不太差的中间型。这类"中等生"，更多看到的是自己的劣势，而忽略自己的所长。他们的比较对象总是各方面比自己出众的，却不知道回头望望，看看那些不如自己的。想想还有多少没上大学的，有多少身有残疾的，他们都活得有滋有味，你又有啥理由抱怨、恐惧的？

　　我们既要自信，但也不能高估自己。很多大学生的恐惧是他们的定位超出了自己能力范围，也就是心气高。找工作必须要"工作环境好，工资待遇高，发展前途大"。希望找个"好工作"我能理解，可也得看看自身的情况呀。如果你不具备相应的能力，给你这个平台，你也会力不从心，再说没那个本事给你高薪，你就真的心安理得吗？

我们一定要清楚大学生是普通劳动者，在这个人人都可以上大学的年代，大学生不稀有，况且很多大学生太"水"，也实在是没啥本事。所以，"高心气"只能带来大失落，或惶恐不安。

"毕业即失业"，或者失业率高的一个重要原因，就是大学生普遍存在这种"心气高"的心理。其实，不是找不到工作，而是找不到好工作，如果想工作，所有大学生都能找到工作。不顾自身情况地去挑三拣四、挑肥拣瘦，到头来只能是竹篮打水。所以，奉劝大家一定要务实。

最后，东子给你开一剂"药"：要有理想，但不要脱离实际；要感恩，回馈给予我们帮助的人；要自信，很多人还不如你；要正视自己，学会合理定位；要懂得量体裁衣，寻找适合自己的那一款……

当我们成不了梦中的自己

大学生吐槽

　　早已过了做梦的年纪,当年在作文本上写下"长大了要当科学家"的有志少年已了无踪迹,那些个被我们顶礼膜拜许多年的伟人圣哲也消失得无影无踪。时过境迁,除了越吃越胖的小肚腩和越长越粗的小短腿,似乎岁月什么也没留给我们。

　　桃子就是其中被时间无情捉弄的一个。记得2013年的一个下午,一群刚刚被赶进备战阶段的高三学生正埋头于一摞摞书山题海里,在讲台上正襟危坐的班主任突然发了话,指了指坐在靠窗一排因传纸条而忙得不亦乐乎的桃子,说道:"你,跟×××换一下。"于是,这个叫桃子的家伙就成了我亲密无间的第二任同桌。

　　桃子生性活泼,是一位心直口快的重庆妹子,不知为何来到我们山东这里读书。每到课间,我们常听到她即使隔着大半个教室也能听得一清二楚的笑声,给我们班增添了一抹靓丽的色彩,但也让一向明令禁止在教室喧哗的班主任大为恼火,最后没办法,只好调到我的旁边,让我这个沉默寡言的"失语症"患者治一治她"话痨"的毛病。但班主任绝对想不到,每一个安静内敛、少言寡语的孩子背后都潜藏着一颗炙热而疯狂的心。那时我和桃子都喜欢看小说，结果一拍即合，成了志同道合的同窗好友。

后来的桃子不仅仅只满足于阅读，她要自己创作，将故事付诸笔端，打造自己的小说王国。桃子在说这件事时手舞足蹈，我可以看见她眼中闪烁的光彩和上挑的眉毛，仿佛在她的脑海里，一个个人物已经鲜活，一幕幕场景已经成型，她要做的就是将这些支离破碎的画面拼凑在一起，构成一幅完整的画卷。

在那个一切以考学为重的日子里，桃子的想法是危险而又不务正业的。平时的功课已经占用了我们大部分时间，而桃子还要在有限的时间里挤出空暇去整理那些未完成的稿子。那时学校要求很严，熄灯后必须上床休息，而桃子总是要冒天下之大不韪，拿着一个手电筒躲到被窝里挑灯夜战，冬天还好，但到了夏天，天气炎热，不出几分钟桃子就要探出头来吸口气。我问她这样不累吗？她说，这是她的梦想。

桃子就这样一步一步向着自己的目标奋斗。梦想着有一天，自己可以像桐华、辛夷坞一样将自己的小说搬上网络、搬上书架、搬上荧屏；梦想着有一天，她可以坐在新书发布会的现场，听着主持人介绍自己，这是畅销书作家桃子；梦想着有一天，她的名字进入了百度百科，网页上挂着她的照片，下面附着她的简介和作品……桃子对待写作已经到了一种狂热的程度，即使是在紧张的高三备考阶段，她依旧时刻关注着畅销小说的最新动态，她说，终有一天，在畅销小说榜单上会有她的名字。

后来的桃子，遵循父母之命报考了重庆的一所大学，回到了她离开多年的家乡，与之相随的，还有紧紧跟了她多年的作家梦。

转眼间三年过去了，我第一次见到这位活泼开朗、热情洋溢的重庆妹子时的模样还历历在目，还有她跟我讲述梦想时神采奕奕的样子，以及当她站在新华书店时，信誓旦旦地指着一旁的书架跟我说："将来这里一定会放着我写的书，一定会！"

大三放暑假时，难得桃子不远万里，故地重游，重新回到了曾经爱恨交织的高中母校，而我又有机会再一次见到了她。

相隔三年，时间说长不长，说短不短，当年一头短发的桃子，如今也出落得如淑女一般。当我问及她的作家梦时，回答我的，却是一声叹息。

"梦想就像沙漠里的海市蜃楼，看着很美，却无法触及。上了大学，没有了高中班主任虎视眈眈的监视，没有了写也写不完的卷子，没有了高考的压力，本以为自己终于可以不受约束地写小说，没想到积极性却大不如前。如今的自己，别说是将小说出版，就是在网络上占据一席之地都难……"自从上大学之后，桃子很难再潜下心来心无旁骛地追逐自己的梦想。

每一天，桃子都感觉自己很忙，可忙些什么桃子自己也搞不清楚。恍恍惚惚地走过这么多年，似乎桃子做的事与其他学生并无二致；忙着上课、忙着考试、忙着在寝室里看长腿欧巴的爱情故事……桃子离自己当初的梦想越来越遥远。当初的坚韧不拔呢？当初的顽强意志呢？为什么这么多年过去了自己还在原地踏步？如今的桃子，还是那个默默无闻的女孩儿，她依旧没能成为梦想中的自己。

听着桃子的诉说，我不由想起当年那个说起梦想就眉飞色舞的重庆妹子。那时，我可以从她的眼里看到未来，而如今，我看到的只有失望和无奈。

每一天，我们都在做着有关自己的梦。有的人希望自己多年后成为留学归来的"海龟"博士，荣誉满身；有的人希望自己能成为一方领域里的精英巨子，干练精明；有的人希望多年后的自己自由洒脱，游遍世界各地，赏尽各国风土人情……只是，多年以后，有多少人成了梦中的自己？多少的阴错阳差，多少的无辜无奈，我们依旧过起了柴米油盐酱醋茶的生活，当年的梦想又在哪里？

当梦想与现实的差距太过遥远，我们懊恼、我们担忧、我们自暴自弃、我们怨天尤人，我们害怕经历与桃子一样的遭遇，同时又为自己的无所作为而恨恨不已。

如果有一天，当我们发现，我们成不了梦中的自己，该怎么办？

✎ 东子说法

人人期望美梦成真，但梦想成真的毕竟是少数。

为什么呢?

除却自身的潜质、悟性、兴趣和机遇外，就是勤勉和执着。一般而言，自己的梦想都是自己喜欢的，这自然有兴趣，而在这方面或多或少都会有些潜质，因兴趣而悟性大增。除却极少数的偶然因素，机遇总是垂青有所准备的人，也就是勤勉执着之人。

我不知道，桃子大学这三年宝贵的时光是怎么度过的。从叙述来看，你不是学霸，也不是玩世不恭者，那就是和大多数人一样，随波逐流走过。也就是说别人会的你也会，别人不懂的你也不明白，说白了就是瞎忙了三年。

忙有两种，一种是像无头苍蝇一样乱撞的瞎忙，另一种是有条不紊地按统筹的计划进行，这也是之所以一样忙，收获不一样的差别之处。

　　生活中有梦想的人很多，为此做出计划的也不少，而付诸实施的却很少，特别是当在计划实施过程中遇到了挫折。就如长跑一样，开局失利，一些人退出了；中场败落，又有的弃赛了；临近终点，夺牌无望终止了脚步……

　　你之所以没有成为梦想中的自己，扪心自问你为此付出了什么？

　　你为此勤勉地付出了吗？你坚定而执着地去做了吗？

　　没有，这些都没有。因为你的梦想缺少支撑。

　　其实，如果你有天赋，勤于笔耕，这个梦想还是很靠谱的。最初根据梦想做出计划，而后按部就班地去实施，遇到情况随时调整，执着地向着既定的目标迈进。今天不一定能成为名家，但是肯定不会有今日之惑。

　　成功的人生需要科学合理的自我规划。无论是东子的个人成长还是对女儿的培养，都是如此。这个规划分为近期、中期、远期。以刚入大学为例，近期的是本学期，中期的是大学这四年，远期的是未来的职业发展。然后，为之努力，走近你的梦想。

　　生活告诉我们："事事顺心"和"万事如意"，都只是人们的美好愿望。事有不顺，偶有窘迫，乃人之平常。"人生不如意之事十之八九"，不惧败不认输，你就能赢得未来！

　　大学是梦想开花的季节，有梦想的人生最美丽。

　　梦想，让我们多了一份期待；梦想，支撑我们前行！但梦想需要一个渐进的演绎过程，从有一个初步设想到牢固树立理想，要经过尝试、体验、抉择、坚定等一系列心路历程，并要付出无数的努力才可以梦想成真。东子的军人梦、教师梦、记者梦、作家梦都是这样演变而成。

你尚年轻，这是你最大的资本。所以，重拾梦想，从头再来，亡羊补牢，未为迟也。但要记住：千里之行，始于足下。要实现梦想没什么捷径可走，脚踏实地地一步步丈量。梦想的路上有你有我，谁能走到终点，那要看谁更坚定、更执着！

我拿什么和人家"拼爹"

那天，当我看到从小艾口袋里掉出的医疗卡时，我知道她还是忍不住去看了心理医生，但那个蹩脚的三流庸医并没有对小艾的困扰起到多少帮助，直到小艾声泪俱下地拉着我的手说："我真的快承受不住了！"

追根溯源，一切的一切还是由于小艾那"心比天高，命比纸薄"的人生。

小艾是我在大学时期要好的朋友之一，记得初次认识她是在一次征文比赛上，当时她的一篇散文瞬时夺去了我的眼球，使得原本要投票给室友的我，临阵倒戈、背叛革命，把这仅有的一票贡献给了她，害得我之后不得不请室友吃了一顿大餐来赔罪。而后，巧合的是，我和小艾不约而同参加了同一个社团，这才得以真正相识。记得第一次见到她本人时，我的脑袋里蓦然冒出一句"临水照花人"。那时白落梅的散文非常畅销，高中时几乎是争相传看、人手一本，以至于老班常常要绷着脸把一本本《因为懂得，所以慈悲》《你若安好，便是晴天》运到办公室去，直到期末才将之物归原主。而小艾给我的感觉就像是白落梅笔下的张爱玲，冷僻、敏感，还有点淡淡的哀愁，不过大咖都有点小个性嘛，宝宝们都是可以理解的。直至后来，我才发现，小艾远没有我所想象的那般卓尔不群，或者说，真正的小艾是另一番模样。

小艾是个很要强的女孩子，不可否认她在文字上的功底，但同时我们也同样回避不了小艾在其他方面的缺失。

常听很多人说文笔好的人口才也不会太差，然而未必，小艾就是一个思缓语迟的典型例子，而且她常常把一个很简单的事情描述得相当复杂，以致于我们更难理解。一次小艾出门，跟着手机地图连拐带绕，结果还是迷了路，只好打电话问我怎么走。我当时捧着手机，听着小艾描述地形，实在没弄明白小艾到底身处何方，多亏了Miss张在一旁提点，让小艾把周边景物拍下来发到微信上，这才让我们恍然大悟。

相比起那些能说会道的人，不善言辞的小艾在很多方面常常吃亏。再加之小艾情商有限，平日里又太过孤僻，使得很多机会都与小艾擦肩而过。明明渴望力拔头筹，可偏偏最终名落孙山。这样的故事发生多了，小艾也变得心烦气躁，我就不止一次听到过她的抱怨，抱怨她自己太过麻木、木讷呆板。很多人感觉，小艾太过急功近利，不明白为什么她会如此在意自己的缺点，人无完人，小艾却永远和自己过不去。

相比较于同龄人，不知道小艾的经历是否可以称之为坎坷。记得刚来学校时，有一位学姐告诉我们："本校有两大特色——开学开得早，放假放得晚。"当时我们还半信半疑，直至期末，当所有高校学生均已在自家餐桌上品尝熟悉的味道，而我们还没有考试时，才意识到这是一个"多么痛苦的领悟"！而小艾的反应却与我们截然相反，她不但不担心放假时间太晚。甚至我们已经考完试，她也要待到学校封寝才走。对于我们而言，家是一块吸铁石，无时无刻不牵动着我们的心，而对于小艾，家仿佛就是一个可有可无的冷冰冰的代名词。

是她和家人有矛盾吗？还是她真的如此"狼心狗肺"？抑或另有隐情？每当朋友问她原因，她只是支支吾吾地搪塞过去，尽管百思不得其解，但我们也不好多问，直到小艾即将踏上归家旅途的前一天，我听见了她在被子里痛哭流涕的声音。

原来小艾的家境并不是很好，父亲嗜酒成性又好吃懒做，年岁越来越大，日子却越过越萧条，到了小艾考上大学，生活直接退到解放前，甚至连一个可落脚的家都没有。全家唯一的财产就是一辆奇瑞面包车，外加放在车里的一大摞被褥。平时小艾上学，父母就住在单位提供的宿舍，而小艾放假回"家"，就不得不考虑住宿问题了。所以，放假对小艾、对小艾的父母都是一种负担。眼看学校即将封寝，小艾不止一次躲在被窝里默默流泪，她恐惧，她忧虑，她不知道这个新年又会在哪里度过，她不想像一只小猫小狗一样博人同情、求人施舍，她渴望有一个家，每当放假归来，都有父亲的笑脸和妈妈做的一桌饭菜。她可以有自己的房间，自己的小床，她可以在房间里做很多很多事，看一本书、吃一块蛋糕、写一篇文章或是打一个电话……她不希望每天躺在冰凉而坚硬的床铺上被冻醒，摸着自己红彤彤的鼻头四处找卷纸擦鼻涕，她更不想每个假期都在四处颠簸中以求安身！她多么渴望冲破命运的桎梏，逃脱生活的枷锁，结束这如梦魇般的魔咒！但这太难了，就如小艾自己所言："有些人不必努力，他的家庭已为他铺上一条康庄大道，他们所能拥有的，是我拼了命也未必能得到的。你们总是在说'天道酬勤'，但你们可知我有多少无奈与无助？你们怎会懂得每天面对一个嗜酒成性的父亲和一个以泪洗面的母亲的心酸与苦楚？看着家里满目狼藉的忧虑与无奈？我拿什么去与别人拼，与别人斗？但这个世界就是这样，有些人生下来衣食无忧、荣华贵胄、接受精心栽培而被奉为天之骄子，有的人却颠沛流离、受尽白眼，饱受命运摧残，顶上一个平庸的帽子。我要成功，至少要比同龄孩子多奋斗十八年！你们说我有才华是吗？你们是看中了我某篇文采飞扬的文章了是吗？但请问我除此之外还会什么？还有什么？！"

那一刻，我感觉小艾像一座喷涌的火山，在压抑许久后，爆发出无助的痛苦与无奈。我明白了为什么小艾总在揪着自己的缺点不放。拼爹拼不过，又怎能容得自己有半点缺陷？她不能再失败，她身上的担子太重，为自己、为家人……

多少个夜晚，她渴望能找一个人诉说，她渴望世界留给她一席之地去呐喊。然而，天地太过喧哗，容不得一个卑微声音的抗争，也听不到一个脆弱灵魂的哭泣。

或许世界就是这样不公平，有人生下来含着金汤勺，有的人却不得不认命。然而，我们就没有能力去抗争了吗？我们就不能改变自己的命运了吗？面对那些"富二代、官二代、星二代"们，我们又可以拿什么去跟人家"拼爹"？

东子说法

拼爹，古已有之。

王公大臣、达官显贵的子女依靠父亲谋得好的差事，而今的"拼爹"是指年轻人上学、找工作、买房子等方面，他们比拼的不是自己的能力，而是各自父母的财力、权力。

　　血统论和出身论，这种思想在各个国家的不同时期都存在过，从封建制度下的官员贵族世袭制即可看出。所以，拼爹是不可避免的现象。

　　我年少时流行一句话："学好数理化，不如有个好爸爸。"这就是拼爹的表现，长辈的血统和身份确实决定个人的前途命运，但这又不是绝对的。

　　我自身对这方面有着切身体验。

　　18岁我参军到部队，在新兵连时，有一天师政委（和市委书记一样大的官）下连检查工作，特意看望了我们排里的一个新兵，当时我们都很惊讶，这么大的首长怎么会看一个普通战士啊？原来抗美援朝时，师政委是这个新兵爸爸的通信员，而他爸爸当时是军区后勤部政委。

　　就是那时起，我知道了一个新名词——高干。也由此认识了一些高干子弟，我们班睡我下铺的兄弟，他父亲是省石化厅的副厅长。新兵集训结束后，我等贫民家庭出身的孩子都到基层连队去了，而这二位仁兄却都去了机关。按理说，论知识储备、写作基础、表达能力我都远高于他们。但因为我父亲是农民，他们的父亲是将军是厅长。所以，我当时的心理和今天的小艾一样，有一百个不甘心，但我改变不了现实。当时，我也曾抱怨过，气馁过。可过后想想，这样自暴自弃，于事无补。于是，我开始发奋自学，我要用实力证明一切。

　　从部队到地方，我从一个初中未毕业的小战士，一步步走上了职业新闻工作者、专业作家和大学教师的道路。20年后，当我到当年睡在我下铺的那个兄弟家里时，已经退休的老厅长指着他儿子说："你看看人家东子，一个农家子弟，通过自己的努力取得了这么大的成就，可再看看你……"后来战友聚会时，这哥们悄悄对我说："小个子兵（当兵时全连我最矮）啊，你可少来我家几趟吧，你来一次老爷子骂我一回。"

出身无法选择，路怎么走在自己。

针对拼爹，现在流行一句话"投胎是个技术活"，在这方面最具代表性的是王××，因为他是亚洲首富的儿子，似乎不用劳动可以坐拥金山。这简直让全国人民都羡慕，特别是一些不思进取的青年人。其实，这是一些抱着不劳而获思想的人的消极价值观。我不止一次地谈起，同样的物质享受，自己创造的和他人给的是不一样的。

也有人羡慕我的女儿范姜国一，认为她出生在一个父亲有点小名气的家庭，很小就出了书有了名。可是，这孩子吃的苦受的罪，又有谁知道呢？我的家规甚严，别的孩子拥有的她没有，比如吃小食品，比如必须接受的各种劳动锻炼。

现在很多的十五六岁甚至更小的女孩子染发、化妆、涂指甲油、穿高跟鞋，这些是每个爱美的女孩子所向往的，可范姜国一没有。在我对其的教育引导中，不满18周岁，这些行为均不可以有。直到18岁成人礼那天，才对她解禁。更重要的是她9岁时就要忍受父母离异之痛，这种痛只有亲历才知。可孩子没有因此不进取，或者怨声载道，而是更多地去理解父亲的所为，自我消化家庭变故给她带来的不幸，依然阳光、乐观、自信地奔跑在成长的道路上……

还以范姜国一为例。

有人说，东子的女儿找工作一定不愁，言下之意，东子有很好的人脉。细想想也是，女儿学文，东子搞文，无论是在长春还是在北京，抑或其他城市，圈子里我都熟悉一些人，他们或是报社、出版社、杂志社的社长、总编，或是电台、电视台的台长、总监。

可是我要告诉你，已经工作半年的范姜国一全然没有依靠老爹，而是靠自己的本事闯天下。大学毕业前，孩子就明确提出不在长春，要出去闯闯，首选是北京。当我把女儿要去北京的消息告诉那里的朋友后，他们都很高兴，准备迎接孩子的到来。可时至今日，她也没有和任何人联系。

自己独闯京都，无论是实习还是工作，都是她自己联系的，她和万万千千大学生一样，网上投简历，然后通过笔试、面试和试用期考核，进入国家级媒体做记者、新媒体编辑。

所以，我早就知道东子的女儿找工作一定不愁，但不是依靠东子这棵"大树"，而是我相信女儿有足够的实力。多年来，我一直践行着"授人以鱼，不如授之以渔"的教育理念。

再看看我们身边，每到毕业季，都有无数无知的家长拿着几万、十几万甚至是几十万人民币，倾尽所有甚至举债给孩子找工作。我就不理解了：如果在学校好好学知识和技能，用得着花钱找工作吗？如果那样，这大学不白上了吗？

李刚和李双江都是"名爹"，可他们都把孩子送上了不归路，"水能载舟，亦能覆舟。"有"好爹"未必就是好事。再说，即便不学坏，有本事的爹也毕竟是少数，我们大众都是平民百姓，过着平常的日子，要想出人头地不是不可以，但是绝不可以指望天上掉下一个"好爹"，而要扎扎实实做好自己，自己有本事了才是硬道理！

滴自己的血，流自己的汗，靠拼爹是不争气的软蛋。放弃不切实际的幻想吧，脚踏实地地每天进步一点点，你也能踏出不一样的辉煌……

兼职，看上去很美

　　当娜娜再一次被黑心的商家欺骗时，她已经彻底对兼职失去了信心，300元的保证金打了水漂，她只想把满校园的招聘广告统统撕掉焚毁方解心头之恨。在地大物博、风土各异的祖国土地上，似乎只有骗子是不受时间、地域的条件限制，于各行各业间活跃且沆瀣一气。

　　初上大学之前，娜娜就听说过很多关于大学生极其Bug的传奇故事，什么大学生自主创业成为业界新秀，什么大学生兼职一举成名，即使未能受到社会关注，但大学四年从未要过家里一分钱也是一件值得炫耀的事情。这些励志故事激起了娜娜的壮志雄心，每每想象上了大学以后，自己也可以自食其力，就有一股说不出的激动与兴奋，甚至在开学前，她信誓旦旦地向妈妈打保票，以后她个人的生活费由她自己包了。

　　之后便开始了她的兼职之旅……

　　娜娜的第一份兼职与许多人一样——发传单。哈尔滨的天气冷得惊心动魄，泼水成冰的天气让这位初来乍到的南方妹子实在无福消受。发传单的第一天，娜娜裹着厚厚的羽绒服和约好的几个同学，一行四人早早地赶去商业街集合。传单是关于健身的，娜娜被安排在了一个十字路口。毕竟是第一次发传单，面对行色匆匆的路人，自己多少有些胆怯。至今，她还清楚地记得，自己的第一张传单递向了一个中年男子。当娜娜面带微笑、小心翼翼地将传单递给他时，只见那个中年男子昂首阔步、目不斜视地从她身边穿过，娜娜不禁在心里翻了数千个白眼。接下来的工作并不顺利，往来穿梭的人群要么将其视若空气，要么就是面无表情地摆摆手，有时也会碰上百年不遇的说一声"谢谢，我不要"。下午的时候，娜娜更是遭遇了清洁工大妈的阻挠，如果她"执迷不悟"继续在此地发传单，清洁工大妈将采取"暴力手段"将所有宣传单强行收走，甚至拿出城管来威胁她们。

由于没有按时完成任务，老板只付了部分工资作为酬劳，原本就不多的工资，如今更是少得可怜。没过多久，娜娜就辞去了发传单的工作。如今，当她走在街上，看到有谁发传单，都会去接一份，毕竟都不容易。

后来，娜娜在校园的小广告上看到了一则招聘文员的信息，感觉各方面条件还不错，就抱着试一试的态度，按照事先与对方约好的时间、地点去面试。刚到办公室，她发现来应聘的只有自己一个人，望着对面自称"李经理"的中年男子，不禁有些打怵。

"李经理"笑着让她放松，并没有过多询问有关工作的问题，反而有一搭没一搭地聊起了她的生活。"李经理"的幽默爽朗给娜娜留下很深的印象，也逐渐让她放下戒备。"娜娜，这么大也该谈个对象了，没谈过恋爱的大学怎么叫大学呢……"说罢，便不由分说地拽过她的手，要给她看手相。娜娜被吓了一跳，却也不敢声张，想与"李经理"保持距离却发现这个中年男子与自己越靠越紧。最后，娜娜借口上厕所，偷偷溜出了办公室才免于一劫，事后想想还心有余悸。

一朝被蛇咬，十年怕井绳。娜娜再也不敢随便到外面找兼职，为了安全起见，她找到了一份打字员的工作。没有时间和地点的限制，只要有手机、电脑，在家里做都可以。她怕再次被骗，特意到网上搜了对方的相关资料。"本公司是专业为国内外出版社……"看着公司的简介，娜娜确信这次自己的选择是没错的。

在一番激动人心的交谈后，对方要求她先支付300元的保证金，在财务审核后，娜娜再提供自己的详细地址和银行账号，以便对方寄资料和打工资款。很快，娜娜干净利落地将300元打到了对方给出的账户，经过一番仔细确认，对方承诺把一份5万字的手写稿邮寄过来，但由于当时正赶上休息日，所以只能等到周一再寄。

接下来就是耐心地等待，从周六到周一，又从周一到周六，一个多星期过去了，但那份写着自己名字的快递始终没有现身。终于，娜娜沉不住气了，但再次询问对方时却已是音讯全无。

走出家庭的怀抱，我们都相信自己已经长大。上大学的我们都已经成年，我们渴望独立，想通过自食其力证明自己，可为什么我们却到处碰壁，从这个陷阱拔出了又进入另一个陷阱，这兼职我们还该不该做？

────────● **东子说法**

在校生的兼职与有本职工作之外从事的兼职是有很多区别的，后者主要是根据自己的闲余时间和专长，通过兼职换取更多的经济收入。而学生兼职应该是勤工俭学的范畴，它对于大学生的成长确实有着很多的积极意义。

首先是通过兼职可以更好地了解社会，积累经验，为将来走向社会奠定基础；其次是提升能力，特别是在应试教育"死读书"的大环境下，社会兼职可以使所学知识得到实践检验；当然，还有很重要的一点，就是增加收入。现在的大学生基本都是靠家里给提供学费和生活费，而通过兼职劳动既能自食其力，又能贴补家用。

当下很多事业有成的70后80后，都是在大学甚至高中期间就参与社会兼职，他们今日取得的成果和当年参与社会兼职是密不可分的。所以说，兼职应该是在校大学生必不可少的一门课，也就是我们常说的"社会实践课"。

正如本文标题，这个对大学生充满各种诱惑的兼职，虽看上去很美，但深入其里，却不堪其忧。而这个忧，很大程度和大学生自身对事物的认识是有关系的。

很多大学生不屑于发传单，认为没有技术含量，而且被拒绝感到伤自尊。其实，这种理解是错误的，发传单也是需要一定的智慧的，有效的发送是要选择适合的对象，这就需要甄别。同时，你的言行举止也是能否高效发送的因素之一。在这方面，东子是深有体验的。

2015年初春，我们单位印制了近万份《东子教育报》，由于没有较好的发行途径，我和在我办公室实习的几位在校大学生到街头发送。发送的数量和质量，我这个半大老头子最高，而那几个年轻靓丽的小美女却不如我。原因就在于：一是他们没有我用心，二是不懂技巧，三是顾及面子。

现在的年轻人用心做事的真不是很多，总认为是给他人做事，抱有这样思想的人自然不会把事情做好，发传单也是这个道理；我们发送任何内容的传单都是有针对性对象的，就像写书的作家要知道自己的目标读者一样，所以绝不是见人就给，甚至还要根据人们的表情判断是否该给，如行色匆匆或面带愁容，这样的人就不适合；大学生发传单普遍存在丢面子的心理，认为这项工作不"高大上"，被人瞧不起。我们应该知道劳动的分工不同，但都是光荣的，无论是作家写作、主持人主持节目、教师教书……都只是工作性质的差别，没有高低贵贱之分。

在发送过程中，我也是多次被拒绝，甚至是不礼貌地拒绝。我没有懊丧，也没有抱怨，而是坚持，当偶尔看到对方开心地接过报纸，并报以礼貌的"谢谢"时，我感到很幸福，这是对我劳动的最高褒奖，这一句"谢谢"冲淡了所有的不悦。而同样面对这样的情况，那几个大学生则只收留了不悦，未曾留心这份快乐。

关于女大学生社会兼职遭受性骚扰，甚至是性侵的事，媒体不时报道。这一方面说明社会环境不好，人渣越来越多，另一方面也说明我们的女大学生缺乏必要的自我防范意识。女生出去面试时，最好带上一两个室友或闺蜜，找个伴同往还是很有必要的，特别是对于外地来求学的女生。

最近几年，以招聘兼职为由诈骗大学生钱财的事也时有发生，这就要求我们要有一定的甄别能力，不要偏听偏信。大家一定要记住：无论是招聘专职还是兼职，所有交费的都要和它说"拜拜"。无论是情理还是法理，向应聘者收取费用都说不过去。而这些收费的大部分是诈骗，你的保证金或者押金也必将有去无回。当然，也不能一概而论，如果是给你发了工作用的物品，视物品价格收取押金是可以理解的。

同时，这也告诉我们要提高识别力。比如娜娜的这个保证金，稍动脑想想，就知道是一个骗局。他给你支付工资，你提供银行卡号码即可，哪还需要什么验证啊。所以，受骗了我们不能把责任都推到骗人者身上，作为成年人，我们要自我反省，因为自己也是有责任的。

虽然在大学生兼职中，出现了这样那样的不美丽。但是，兼职还是可以做的，但要擦亮眼睛。俗话说"吃一堑，长一智"，经历这些挫折，也会使我们越发成熟，能更好地对事物做出判断。任何生命的成长都是要付出一定代价的，人生路上，既有鲜花，也布满荆棘。

应该看到，生活中毕竟是好人多。所以，不要因噎废食，多尝试，总会遇到真诚并赏识你的伯乐。

走过去，前面是个晴天。

"颜值"很重要吗

　　一次和朋友去看电影《我的少女时代》，在连简介都没读过的情况下稀里糊涂地跑去电影院，完全是冲着当时豆瓣8.5分的好评去的。一场电影看下来，朋友哭得泪流满面，但还是忍不住要吐槽一句："那个叫陶敏敏的长得一点都不漂亮，为什么选她去演校花嘛。"我对着海报端详了许久："萝卜、白菜各有所爱喽，或许在那位导演心里美女就应该是这个样子，甜美可爱、小鸟依人。最起码在我看来，她比那些整容整成'蛇精'的人要顺眼许多。"

　　但不可否认，美女的待遇的确比我们这些默默无闻的丑小鸭要高出不知多少倍，打个比方，如果我们还在山脚下拼死拼活地努力攀爬，那美女们估计已经站在山顶上悠闲地欣赏大好河山了。从最初的校花说起吧，就如《我的少女时代》里所描绘的那样，美女出门必定是优雅贤淑、光彩夺目。东西太多有人拎，自行车坏了有人修，修完了还自带送货上门，顺便再往车筐里放一朵刚刚采下来含苞欲放的鲜花。若是气质再好点，每每回头率必是百分之百。到了班级，美女们依旧不能消停，桌堂里，书本中，随处可见红红绿绿的情书，看着她们一封一封地把那些写着

"love"的信封拆开，真是让我们一众灰姑娘恨得牙根都痒痒。

随着年龄的增长，美女的优势更是愈发明显。爱美之心人皆有之，即使是找一个工作或做一份兼职，在水平相近的情况下，老板更愿意选择长相较好的那一位。而如今，美女学霸、食堂女神、鱿鱼西施……更是层出不穷，仿佛你学得好不算本事，挣得多不算本事，自食其力不算本事，除非你学得好、挣得多、自食其力以外还长得漂亮才算本事。而各大新闻的标题似乎必须加上"美女"二字才能吸引别人的眼球。

这不由让我想起一位女同学，大眼睛、尖下颌，活脱脱一张"网红脸"，在这里为了便于称呼，我姑且就叫她"网红脸"吧。网红脸从小到大都是大家公认的校花，无论走到哪里都能迎来阵阵掌声，而南京那"六朝金粉地"的繁华气象，更是将她陶冶得如画中人般精巧细致。总之，像网红脸这样的人，天生就是要让女人嫉妒，让男人爱慕的。不过，上帝给你打开一扇窗，就一定会再给你关上一扇门，人永远没有十全十美的时候。虽然网红脸已是天生丽质，但她依旧愿意花大把的心思在涂脂抹粉上并乐此不疲，后来几乎到了不化妆不能出门的地步，但也因此耽误了学业。高考结束，在周边同学都纷纷鱼跃龙门的情况下，网红脸只能去一所艺术院校混得一纸毕业证书。

在这个"一考定终身"的年代里，网红脸的结局无疑让很多教育小孩子好好学习的老师、家长们拿过来当作反面教材。"青春能当饭吃吗？还是长相能当饭吃？你的人生价值只能靠读书来实现，'少壮不努力，老大徒伤悲'。不用功读书，你们靠什么养活自己。不用你们天天把孝敬父母、尊敬师长挂在嘴边，你们把自己管好我就谢天谢地了！"我几乎可以看见历届班主任们站在讲台前苦口婆心的样子。然而网红脸的故事并没有结束，虽然生活小有不顺，却有本事打出一把漂亮的反手牌。凭借着自身姣好的长相和匀称的身材，网红脸顺利成为了一名平面模特。如今常常看见她在朋友圈里发各类自拍，不是在化妆间就是在T台，浮华的时尚生活着实亮瞎了小伙伴们的双眼。

对于女生来说有两样东西必不可缺，一个是无话不谈的闺蜜，一个是描眉画眼的镜子。男生永远不明白，每次出门前，女生在镜子前一坐就是一两个小时的耐心从哪里来。即使先天不足，也阻挡不了女生们后天追逐美貌的勇气和决心。记得在大一时认识一位同学，削肩细腰、长发飘飘，也算是个美女。但看脸蛋，却永远有一种云山雾罩的感觉。厚厚的BB霜、长长的假睫毛，使我完全看不清她本真的样貌。我常常幻想，如果她卸了妆会是什么样子。不过看她的瓜子脸应该也丑不到哪去，后来才知道她高中一毕业就去垫了下巴，而不久前，她的眼睛又刚刚拆了线……

美女毕竟在少数，而有能力将自己改造成美女的更是少之又少，大部分仍旧是默默无闻的"丑小鸭"。还记得那年我们胖得不成样子，手里掐着零食站在体重秤上，还埋怨自己衣服穿得太多而压秤；还记得那年我们矮得惨不忍睹，除了拍集体照时能被安排在第一排而感到受到重视外毫无存在感；还记得那年我们内向腼腆，说一句话都会脸红而沉默寡言……记得高中时，班主任说得最多的一句话就是"人丑就要多读书"！对于大多数人来说，没有倾国倾城的容貌、没有窈窕动人的身材，没有堆金积玉的财富，我们能做的，似乎只有不断给自己充电。

小时候，我极其喜欢跳舞，梦想着有朝一日能站在舞台上成为聚光灯的焦点，但在老爸的棍棒之下不幸夭折。原因很简单，在他眼里，跳舞靠的是青春，而青春是靠不住的。然而，与青春休戚与共的容貌呢？它又能存在多久？

爱美是人的天性。不置可否，颜值在我们每一个人心里都有着举足轻重的地位，无论男女，没有谁是不希望自己光彩照人的，然而容貌对我们个人的作用到底有多大？我们又该如何对待自己的爱美之心？在这个靠"脸"也能吃饭的年代里，我们的"颜"能够值多少？

🐾 东子说法

"颜值"是这几年冒出来的新词，颜是容貌，值是数值，通俗的理解就是长相好不好。以前形容男性长得好是帅气，女性漂亮是靓丽，如今一个"颜值"就搞定了。

现在是一个追求高颜值的时代，所以整容、美容泛滥。有些长得不美，也"整"不起的女性，就通过艺术照和美图秀秀来增加颜值。这也是"帅哥""美女"泛滥的时代。

一日，我来到一家店，前脚刚迈进门，就听一个20岁左右的女服务员说："帅哥，你买点啥？"我在店里环视两圈，确认除我之外没有其他男性后，不解地问："你是在叫我吗？""是啊，帅哥！"当时，心里那个美，正在我扬扬自得时，小姑娘又来了一句："美女，你买点啥？"循声望去，见一奇丑无比的50多岁大妈走进店中，我一脸茫然。

为了迎合人们爱"听好话"的心理，帅哥和美女竟然成了男性和女性的代名词。无论长相如何，把所有男女都称之为"帅哥""美女"，就如前些年"老板"泛滥一样，是社会浮躁和人们虚荣所致。

这是民族的悲哀，在这样一种病态的大环境下，追求高颜值就在所难免了。

于是，书刊挂历、广告画面几乎清一色的靓女形象；外企白领、导游、主持个个美丽动人；频繁的各类选美大赛更是璀璨夺目；就连找对象都喊着"找个漂亮的装点门面"……

浮华的社会催生一些不务实的人。

我不否认，有些行业确实需要高颜值，比如模特、主持人等经常登台或出境的人，从视觉上确实能给人以美感。但大多数职业和颜值无关，它需要扎实的专业知识和相关技能及良好的道德品质。

爱美是人的天性。虽说"人不可貌相"，但是当一个人长相姣美，有高颜值，人们则倾向于把他(她)的其他方面也评价得较好一些，这就是心理学中所谓的"晕轮效应"。所以在社会交往中，人们往往偏爱于长相较好的人，给予他们较多的关照和提携，也愿意给他们提供更多的机会。

因此，我们不否认颜值对一个人尤其对女孩子生活的影响，不否认美貌对一个人是一种优势。但是这不等于说一个相貌平平的人就没有魅力。我们不是常说"人是因可爱而美丽"嘛，在我们的生活中，不是有很多长相一般，但人品好、人缘好、学习好，而受人们喜爱的人吗？

因为美貌虽有魅力，但它只是外在浅显的，而且是短暂的。一个人容颜再美，如果张口满嘴脏话，待人处事缺乏道德，那么他的容颜也会显得暗淡无光，甚至变得丑陋；一个人容颜再美，如果知识贫乏，思想浅薄，那么他只能是"金玉其外，败絮其中"；一个人容颜再美，终要随着时间的流逝而消退，要想拥有永恒的魅力，还要靠内在的修为。

　　所以说颜值不高不等于就没有机会，对于女性来说可怕的不是貌差，而是内里糟糠。就业，高颜值只能取得一时之胜，要想立于不败之地，靠的还是内在的才气；恋爱，高颜值能够给对方一时之悦，但无法永远拴住对方的心，旺盛的生命力靠的是心与心的相通。

　　一个人可以没有高颜值，但一定要拥有阳光的心态。

　　我们改变不了容貌，但我们可以改变对容貌的态度。当你有了知识和技能后，就可以充满自信地去展示你的美丽。因为"长得美不如活得美"！

三流大学的路

一年前，自从老李从沈阳一所三流大学毕业之后，就如同一只混迹于各大菜市场无人问津的猫咪，浑浑噩噩地在这个让他身心俱疲的社会中辗转徘徊。遥想当年，大学初入时，雄姿英发，谈笑间，不逊于当年公瑾；而反观如今，一入社会深似海，从此逍遥是路人，只得将一腔壮志豪情还酹江月。还记得那年老李即将迈出大学校门的门槛，没有太多伤感，没有太多留恋，寝室四个人一起跑去网吧，在打了一个通宵游戏后，为自己的大学生活画上了最后的句号。

那一晚，老李与兄弟们打了最后一场《英雄联盟》，斗了最后一把地主，玩了最后一次CF，当通宵结束的提示音响起，门外的人声开始鼎沸，老板将网吧的大门缓缓打开，老李的每一寸皮肤几乎都可以感受到外面扑面而来的阳光气息。这一刻，老李知道，他毕业了，带着三流大学的身份，带着四年庸庸碌碌的经历。但大家依旧相互鼓励着，为自己，也是为大家，之后便各奔东西。

虽然是三流学校，但老李身边也不乏学霸。有时，在沈阳天气转暖的清晨午后，时常会看见学校绿地的杨树下出现一两个熟悉的面孔，曾经老李还对他们嗤之以鼻，正所谓"人生得意须尽欢"，一个三流学校而已，我们既不打算深造，也无意夺取奖学金，大家都是来拿毕业证的，何必如此用功？况且"天无绝人之路"，凭着本科的文凭总不至于连一份工作都找不到吧？而如今，再看那些"头悬梁，锥刺股"的当代"苏秦""孙敬"们，他们中有的考上了研究生，有的已被公司应聘成为白领。看着人家四年下来学有所成，而老李却碌碌无为、一无所长，此时只能望洋兴叹。

告别大学进入社会，老李四处求职、四面碰壁，几回下来，已撞得头破血流。有时，在人才招聘会上，面试官上来第一句话就是问你在哪毕业的？985还是211？如果不是，那就请回吧，根本容不得老李再多说半句话。在屡屡受挫中，老李把目光投向了小型企业。"既然大公司对自己这样的三流毕业生不闻不问，去小公司成功的概率应该会大些吧。"抱着试试的心态，老李将精心准备的简历小心翼翼地投给了几家小型公司，经过一番漫长的等待，终于，"功夫不负苦心人"，几家公司向老李投来了面试的橄榄枝。

在求职的这段时间，老李看了不少关于应聘面试方法和技巧的文章。什么面试的礼仪、面试的用语、手势的运用、答题的技巧……接到面试通知的那几天，老李更是对着镜子反反复复地"演习"，力求让面试官看到自己的闪光点，凸显出自己的与众不同。终于到了面试的那一天，老李对着镜子整了整衣领，捋了捋头发，便自信满满地出了门。来到面试现场，老李被安排在最后一位面试。

这个世界上最令人恐惧的不是手起刀落的瞬间，而是等待自己临刑前刽子手却迟疑不决，犹如钝刀割肉，一点点消耗你残存的精力。老李现在就是这样一种感觉，漫长的等待是煎熬的，老李看着一个个应聘者进入办公室，又一个个从办公室里出来，最短的不过隔了一分钟。此时的老李不禁感念老师曾经的教导，"少壮不努力，老大徒伤悲"，手心不禁攥出了汗。在经过了一个小时的艰难等候，办公室门口只剩下了老李一人，一位西装革履的工作人员走了出来，向老李摆了摆手，说经理在接电话稍后就到，留下老李一个人坐在办公室。老李搓了搓手心的汗，望着四下无人的房间，桌子上零零散散地放着几个用过的纸杯，看样子是前面几位应聘者留下的。这不由让老李想起许多讲细节决定成败的故事。例如：某哈尔滨应聘者因午餐剩饭痛失年薪30万工作，某员工应聘时因比对手早到三分钟而得到老板赏识……老李不由在心中摩拳擦掌、跃跃欲试，经理不在，不如好好表现一番。于是老李把桌上的纸杯收拾干净，又把水渍擦了一遍，正巧此时经理进来，看见他在打扫卫生便顺口说了一句"挺勤快"。这不由让老李心花怒放。回家后，老李想自己这次一定胜券在握，谁知半个月过去了，公司依旧杳无音信。后来才得知，老李落选，据说被选上的那位是经理的亲戚。世风日下、人心不古，那些文章只告诉老李细节决定成败，却没提醒他这也是个"拼人脉"的年代。

　　老李学位太低，不被认可，大的公司对其不屑一顾，而小的公司往往是暗箱操作，对于像老李这样无财无势无关系的"三无"人员，根本不放在眼里。毕业即失业这样的话果然不假，老李就这样成了一位待业在家的无业游民。

　　老李渐渐感觉到，他成了社会最底层的群体。"大学生是天之骄子"这一类话早已过时，随着大学的扩招，大学生的分量越来越轻，即使这个世界上"天之骄子"存在，也只能是北大、清华等名牌学府，而像老李这般，一个从三流大学毕业的三流学生，有没有这纸毕业证书并没有什么区别。

　　小时候我们并没有对未来发过愁，直至毕了业，才发现周围的人有多优秀。三流大学出来的毕业生，要想获得别人的认可太难太难。对于那些应聘单位来说，与其花时间相信某三等学府的学生可能是埋藏在沙子里的金子，不如选择一位名牌大学的高材生更为直接。老李这样的毕业生就像一个怪咖，有本科的学历，却没人认可，高不成低不就，尴尬地在这个社会生存。

　　三流大学的路，我们该怎么走？

🎙 东子说法

　　首先，"三流大学"这个提法很不准确，中国现行的高等教育把大学分为"一本、二本、三本"和"985、211"，我们习惯性地称"985""211"（这两类学校都是"一本"）为全国重点大学，"二本"一般是省属重点大学和普通大学，"三本"则是独立学院。还有学制较短的专科院校。

　　一般情况，我们把"985、211"称为一流大学，"二本"中总综合实力较强的省属重点大学称为"二流大学"，"二本"中普通高等院校和三本院校称为"三流大学"。这个分法也不准确，我就按此理解回复你的问题吧。

　　如你所言，现在再称大学生是"天之骄子"确实不妥。上个世纪七八十年代，那时大学生所占人口比例极少，物以稀为贵，才称他们为天之骄子。可今天几乎家家都有大学生，既不稀有也不那么金贵，所以再称之为"天之骄子"就有些过了。即便不是骄子，但也绝对是青年中的精英代表。

无论怎么称呼，这类群体里都有出类拔萃之人，也不乏庸庸之才。

主观不努力，客观环境再好也白搭。所以，千万不要迷信什么重点大学。一流也罢，三流也好，人生是慢跑，谁笑到最后还不好说。北大、清华也不各个是才子，学业不精，品质不高的也不是没有，而普通大学人杰才俊也不是没有。一流大学不一定都是人才，而三流不一定就没有人才。东子结识的朋友中，很多是如你所言的三流大学毕业，他们大部分都事业有成。况且，还有像东子一样没有上大学，靠自学成才的呢！

我不否认，现在的用人机制确实有些问题，"唯文凭论"的情况在一定程度上存在。以至于招个保安也得本科学历，普通小学教师非得要硕士，大学辅导员都得"985"或"211"博士。这和不务实的浮躁社会大环境有关，而这种社会现实不是我们一己之力所能改变的。

"老李"这种情况虽然具有一定的代表性，但是不能说明"三流大学"的学生就没出息。只能说明你没有真本事，如果有真本事，无论你是几流大学的，都有你的用武之地。不然，你找东子，东子给你一方疆场！

但前提是，你是否有这份自信。自己无过人之处，还怨这个怨那个，作为已经成年的男人，你不觉得脸红吗？

所以说，阻碍你前行的不是你的文凭不过硬，而是你没有真本事。我们要多从自身找不足，不要总是找借口。你自己也承认大学四年你碌碌无为、一无所长。如果你在这四年，勤勉学习，刻苦练习，实践打磨，揣着一身本事，还愁求职无门吗？

　　"老李"的经历给尚在校的大学生们敲响了警钟，时不我待，利用这几年有限的时间，学点真本事吧！

　　再者，我们现在的大学生到处找工作，却不知道自己创业。这种择业观要改变，创业也是一种就业方式。你可能说没经验没资金，对于一个真正想创业的年轻人来说，这都不是问题，经验是需要时间的，而资金可多可少，百万可创业，千元也能立门户。况且，现在的国家政策也鼓励大学生自主创业，并给予一定的资金和政策支持。

　　不经历风雨是见不到彩虹的，不耕耘还想收获，那不是白日梦吗？

　　醒醒吧，"老李"们！

迈进大四的门槛

　　这一年，我们站在人生的路口，忙着考研，忙着写论文，忙着找工作，也忙着寻找我们逝去的青春；这一年，我们彷徨，我们无措，我们悔恨光阴易逝，我们感叹时光易老；这一年，我们无须上课，不用考试，也不必担心挂科，却比平时更忙更累。这一年，我们把它叫作——大四。

　　而喵姐就是这校园元老级的其中一位。

　　记得当初，喵姐还是一个懵懵懂懂的大一小丫头片子，跑去看大四学长、学姐们的毕业晚会。晚会结束时，所有主创人员站在舞台上，手拉着手，唱着他们自己编词作曲的一首歌："从图书馆一楼的读书角到备战考研的自习室，从南门一栋的毒舌大妈到南门五栋的健谈大爷，我们走过一年又一年，却拼不出一幅完整的画面……"当时的喵姐并不能完全理解歌词大意，除了能看到他们眼里淡淡的悲伤和浓浓的不舍，喵姐只能做一个旁观的路人。而如今，当大四的帽子落到喵姐头上时，她才真切感受到什么叫作"心有戚戚"。从图书馆里的读书角到考研专用的自习室不过几层楼的距离；从南门一栋到五栋的宿舍也不过几十米的路程，然而喵姐却用了整整四年，而这四年似乎也只是这么远。

迈进大四的门槛，无形中有太多的压力向喵姐袭来。一暖壶水、一本《考研英语》、几本专业书就可以构成喵姐一天的生活。考研，似乎这样喵姐就可以逃避就业的压力，似乎这样喵姐才能延长自己作为一名学生的时光。小时候，喵姐渴望长大，似乎长大了，就可以不必天还没亮就早早起床，深更半夜还要完成作业；似乎长大了，喵姐就可以不必挨老师手板，不用听老师训斥。而此刻，当喵姐即将告别自己的学生时代，却有了更多的恐慌。外面的世界纷繁复杂，只有校园才是喵姐安全可靠的栖息之所。

在学校，喵姐度过了大学本科最后一年的暑假，跟着形形色色的考生上补习班、背英语单词、复习专业课。喵姐不再赖床，不再娱乐，似乎闲下来看一场电影都是浪费时光。大四这一年，喵姐将自己的生物钟生拉硬拽拖回到正轨。久违的急迫感，仿佛回到了高考前夕。尽管如今喵姐无须再一边走路一边吃饭，也无需躲在被窝里挑灯夜战，但内心的危机感无时无刻不催促着喵姐，快一点、再快一点！

转眼间，秋季又至，迎新的条幅挂满了校园的各个角落。一群穿着黑色正装的学长学姐们坐在服务区，接待一波又一波新生。当年，喵姐也曾端坐在那里，为一个个新面孔指点迷津，而如今，当喵姐面对未来迷茫无措时，谁又能为自己指引一条光明大道？走过一家家联通、移动、电信的宣传处，凭着一张老气横秋的脸，那些学弟学妹们也会识趣地对她敬而远之，将传单转递他人。还记得当年，喵姐刚入学，白白胖胖像极了Hello Kitty，再加上天生喜欢猫，就有了"喵姐"这一称号，而如今，恐怕自己再也担不起这萌萌的称呼了吧。

对于未来，喵姐并没有多少规划。之所以选择考研，无非也是因为家里人的期望，再加上自己社会经验不足，又不知未来的就业方向，倒不如多学几年是几年，得到一个研究生文凭，就业概率也更大。

喵姐周围的朋友，有的选择了出国留学，有的选择了自主创业，有的捧着一摞子奖状证书为自己的简历增光添彩，有的如喵姐一样备战考研……在大四刚开学时，趁着班里同学尚未"各奔东西"，大家又聚在了一起，谈着理想，聊着未来，偶尔也会感叹几句"如果当年……"喵姐羡慕极了那些聊起未来侃侃而谈的人，无论他们的梦想是否成真，毕竟他们还有梦。而喵姐，连自己喜欢做什么都一无所知。

时光一去不复返，如果让喵姐重过一次大学生活，情况是否就会好一点呢？回想大学这几年的生活，喵姐发现自己竟然有那么多事情没有完成。说好的大学读完一百本书呢？说好的考下会计证呢？说好的再学一门外语呢？当初的鸿鹄之志，在大学四年都被惰性消磨成了幻影。无怨无悔地度过大学四年，太难、太难……

大学的生活弹指一挥间，尽管岁月从未更换过脚步，喵姐却感到大学最后一年的时光在不知不觉中已匆匆流过。大四就像一个紧箍咒，紧紧地套在喵姐的头顶，时时担心有人会念动咒语，惶惶不可终日。面对社会，喵姐还是一个一无所知的小丫头；面对学校，喵姐就成了学弟学妹们眼中最干练的前辈。这一年，大家都成了校园里最年长的那一批人；这一年，大家都成了校园里最忙的那一群人；这一年，大家成了校园里最伤感的人……

迈进大四的门槛，我们面临着太多的选择，是走入社会接受狂风暴雨的洗礼，还是继续深造以求更高的发展？走出大学校门，我们有太多的不舍与留恋，我们怀念曾经的青葱岁月，又懊悔当初的虚度光阴，大四的门槛，我们能否安然迈过？

─────────────── 🖐️ **东子说法**

　　刚迈进象牙塔，大学生不同程度的都有些迷茫，经过三年的学习生活，情况各不相同。一些学有所长的学生信心满满地走进大四，去憧憬一年后的新生活，这是相对少的一部分；而大多数同学则为如何迈入大四发愁，究其原因是心虚所致，而心虚则来源于前三年没有脚踏实地学到真本领。

　　比如喵姐，说好的大学读完一百本书，为什么没有读？这个计划是非常实用和接地气的。第一，按时间来说，四年一百本等于每学期读十几本，这是非常合理的一个阅读安排，第二，这既充实生活又增长知识、提升技能，可谓一举多得。这样的好事，为何没有执行而半途而废？怪谁？自然还得找自己。

　　再说你的考会计证和再学一门外语。这两项我认为可有可无，不是像阅读那样是必选科目。当下大学生考各种证和学多门外语，都是一种无绪的盲从。大学期间，要学的很多，时间又很有限，如何把有限的时间充分地利用起来，这需要科学的分配和管理。专业课是第一要务，在保证足够的学习时间外，阅读、听讲座、社团活动、社会实践等都是不可或缺的，要考其他的证和外语，那要看自己未来工作的需求和是否有余力。很多大学生在校盲目考各种证，一是很多不实用，二是应试考来的没有实际本事，最终走向社会根本用不上。这样舍本逐末，得不偿失。

　　再说考研，你代表着大多数人的想法，选择考研对于绝大部分大学生而言，无非是想换取一个就业的砝码。官方说研究生扩招是为了缓解就业压力，那纯属扯淡，即便所有大学生都读研究生，就业压力依然不会改变，要改变的是大学生的就业观念。所以，不看自身情况，"一窝蜂"地去考研没有多大意义。

当下大学毕业生面临的选择无非是：就业（含创业）、考研、出国留学。那么大四阶段自然是对着这三种情况做准备，如果就业那就要先和社会对接——实习，选择创业则要摸清所要从事行业的相关情况，要想考研或出国那也应该在紧张的备考和准备当中了。所以说，大四这一年怎么过，要看自己对未来的选择。

无论哪种选择，哪一条要想走得通，都必须把前三年打好基础。如果前三年混日子，期望大四腾飞，那无异于白日做梦。

迈进大四才醒悟，似乎晚了点，但如果能在这一年搏一搏，安心学点东西，还是能有些作用的，如果走向社会后，依然能保持这种劲头，将来也会有所获的。即便无大成，至少努力了，我们也无怨无悔。逝去的光阴难再回，未来的路靠自己走，何去何从，当思量。

今日大四之惑，也为学弟学妹竖了一块很好的警示牌，避免此惑当早为。

爱情NG

被"小三"的女孩

　　晚会的帷幕已经缓缓落下，乔乔一个人走过那片小树林，故意挑了最为寂静的一条小路慢条斯理地往前走，大有冒天下之大不韪的架势。说实话，安静的环境总是会引起人无限的遐想，偏偏乔乔最近憋了一肚子的委屈，这才为自己今天这些神经质的行为找了一个近乎情理的解释，而这一切，只源于乔乔的遇男不淑。

　　乔乔今年大一，刚刚走进大学校园的她尚未褪去一身稚嫩，高考时马失前蹄，她并不甘心默默无闻地度过大学四年的生活，希冀在校园里能搅动一池风云。开学时，乔乔选择了一个刚刚成立不久，根基尚未稳固的文学社团。当初选择它，原因有三：第一，社团刚刚建立，百废待兴，在这种举步维艰的环境下更有利于乔乔积累经验、学习成长；第二，创社初始，人员尚不稳定，此时乔乔的加入更有利于她进入"统治阶层"；第三，由于这个社团是在本院一位教授的授意下建立的，这使得她有更多的机会与老师接触。于是，在一个茫茫雪夜，乔乔走进了这个团体的大门。

　　主楼十一楼，灯影明亮，与她同来的还有几位学姐和一位说起话来总爱摊手掌的主编大人，尽管主编大人的年纪比乔乔大不了多少，却总给人一种世态炎凉的沧桑感。这也使得很多社团里的人私底下称他为"大叔"。第一次例会，乔乔与大叔并没有太多交流，仅仅是在会议结束时帮着大叔收了一下凳子，目的却也是想让这位主编大人对自己多个印象。

后来的乔乔绝对没有想到，这是她悲催命运的开始。

一次乔乔去上课，由于去得太早，只好在走廊里静等开门。那年的哈尔滨冷得出奇，乔乔一个人冷呵呵地在走廊里冻得直跺脚，正巧看见同班同学提着一袋子热腾腾的早餐走了过来，原来这是大叔给大家发的福利，怪只怪乔乔没看QQ，才错过了这大好时机。到了晚上，乔乔突然收到一条信息，竟然是主编大叔的！他问乔乔今天领早餐的时候为什么没有她？乔乔简单地解释了一下，如此一来二去，乔乔与主编大人的关系渐渐熟络起来。

后来的主编大叔经常有意无意地找乔乔聊天，也时常跟乔乔一起讨论社团的下一步发展，这使得她有了相对于其他人更多的锻炼机会，也因此得到了一些老师的赏识。都说女人的第六感很准，乔乔也不例外，从最初的送早餐开始，她就隐约感知到一些问题，不过既然彼此都不愿捅破，她也就笑而不答。而接下来的情节发展，就如一位老练的作者预先设下的伏笔，只等在某一刻，一触即发。终于，主编大人表白了。那天，乔乔手里多了一个蓝粉相间的蝴蝶结。

但是，面对这个有她两倍高的"大叔"，乔乔实在难以"下咽"。但最终，乔乔还是答应了他。毕竟，乔乔还要在这个团体中以一种优雅的姿态存在下去；毕竟，排除外貌之外，大叔强悍的大脑还是少有人及的。

乔乔为自己不是外貌协会而骄傲，为自己直接搞定最高领导人而自豪。时间久了，乔乔也看到了大叔的与众不同，在这个知音难求的年代里，觉得自己是幸运的。然而，"欲戴皇冠，必承其重"，乔乔的好日子不幸止步于次年四月。

　　乔乔至今还对那天下午的对话记忆犹新。学姐的一句"大叔女朋友前几天……"直接让乔乔定在了原地，听学姐说，大叔已经和那位女友相处一年多了，是大家公认的神仙眷侣。电梯带着乔乔一路下滑，她的心也随之直坠谷底。就这样，乔乔莫名其妙地成为了"小三"，真是讽刺！

　　乔乔一句话也没说，在沉寂了一天之后，她约出了"大叔"。

　　那天，他们并肩站在主楼十一楼的窗边，望着满天繁星与寂静的夜景，融融的灯光从对面的居民区透了出来，大叔说，每一盏灯火背后都有一个故事……"何止是灯火？"乔乔在心里暗暗嘲讽。

　　几小时的闲聊后，乔乔关掉了手机中的录音。

　　之后乔乔下载了所有与大叔的聊天记录和照片，继续保持沉默。通过那位学姐，得知了大叔女友的具体信息。在一个阴沉得让人挠墙的午后，她给大叔下了最后通牒。

　　"你以为我软弱可欺是吗？你以为我愚不可及是吗？你以为我就是个阿猫阿狗供你戏耍是吗？天下没有不漏风的墙，你当初和我表白时就该想到有今天！据说您和您夫人很恩爱，不知道她对这些照片和录音感不感兴趣……"

　　此刻的乔乔已不在乎什么颜面，主编大叔的所作所为已触碰到她的底线，"我可以甘于平庸，也可以接受质疑，但最让我无法忍受的是欺骗！"

　　不过，乔乔最终也没有将那些苦心收集的证据交到尊夫人手上，与其搞得两败俱伤，不如将渣男转手他人。

　　时间抹得去过往，却抹不掉伤痕，曾经的撕心裂肺早已转变成如今的付之一笑，但这场荒诞的恋情却永久地留存在乔乔心中，成为一道挥之不去的阴影。而日后的乔乔更是"一朝被蛇咬，十年怕井绳"，面对恋情变得敏感多疑。

　　乔乔的遭遇很像一部躺着也中枪的言情剧，即使最终女主角放了男主角一马，我们也未免唏嘘，我们视"小三"为毒蛇猛兽，却不知不觉陷入其中。面对这种欲哭无泪的遭遇，我们应该如何化解？我们可否防微杜渐？

━━━━━━━━━◆ 东子说法

　　明知他人有爱人或对象却与之恋爱的，我们称之为"小三"。

　　在这个"笑贫不笑娼"的时代里，越来越多的女孩子不自爱，充当"小三"。有些"小三"甚至高调出场，和"原配"叫板。这种没有廉耻、毫无底线的做法，是严重背离道德，被人们所不齿的。

　　我不否认爱情是自私的，但是这种自私是建立在基本道德范畴之内的，而不是为所欲为的放纵。"小三"有两种，一种是这种"臭不要脸"的"自得其乐"，另一种是被对方的花言巧语所欺骗。

　　生活中，无论是已婚还是未婚，类似乔乔这样自己不自知，而被"小三"的确有不少。这类"小三"值得同情，而隐瞒自己的婚姻或恋爱事实的一方应受到谴责。

　　以乔乔为例，她的做法既理性又得体，值得肯定。

　　在恋爱过程中，如果有一方隐瞒已婚或已有恋爱对象，当另一方得知被欺骗，愤怒之情是可以理解的。遇到这种情况，一般有三种反应：一是怀恨在心，寻机雪耻。可冤冤相报何时了，使出浑身解数，非要把负心人搞个身败名裂，结果自然是两败俱伤，甚至由此丢了性命也不在少数，所以这是极其不明智的做法；再就是悄悄离他而去，断绝与他的任何往来，由此成为陌路；还有一种就是像乔乔一样。其实乔乔后来的录音和搜集资料都没有意义，得知情况后，我们要做的就是核实信息是否准确，确认对方所为后，果断地说"拜拜"就够了。

不要总想其中的得与失，我们一定要知道爱情是"消费品"，她不仅仅是指经济消费，更是精力和情感的消费，恋爱的过程就是情感消费的过程。即便这份爱掺杂着某些杂质，爱情曾经给予你的甜蜜是不应该抹杀掉的。

在这件事情上，乔乔的"失"是遇人不淑，但也有所"得"，那就是认清了这个人，并能及早离开。

那么，又该如何避免被"小三"呢？

人与人交往，要以诚相待，恋爱更是如此。真诚就是要对对方有心、用心，同时还要留心、细心。一般情况，如果对方没有妻室或对象，谈恋爱后会主动邀请你参加他圈子里的聚会，而不主动邀请你，你想参加又拒绝的，十有八九"有问题"。当然，也不是绝对的。比如对方的聚会有时是行业上的，而里面有些人他自己并不认同，这样不带你参加应该给予理解。

再有，恋爱过程中，不要一味相信对方说的话。一个人怎么样或者其他实际情况如何，不是自己说出来的，而是他自己做出来或来自朋友的评价。所以，要留心他身边的人释放出的信息。乔乔的情况正是如此，试想如果不是学姐说"走嘴"了，可能至今还蒙在鼓里呢。

即便遇男不淑，但是我们依然要坚信爱情是神圣而迷人的，因为她使我们成熟，她让我们对未来充满无限的憧憬。

这学期我的男友们

　　Wuli女神似乎注定是要魅惑众生的，高中时还不起眼的她，没想到大学飞到上海半年就一口气交了四五个男朋友，活活可以组成一个小后宫，真是让一众Single Dog羡慕嫉妒恨。但我常担心，女神这样频繁更换男友会不会对她的声誉造成不良影响，而女神却毫不在意。"我又不是人民币，没必要让人人都喜欢。再者说，我还可以这样任性多久呢？多一次就赚一次吧。"

　　那天是端午节，当我面对着亲爱的"文概"老师送的粽子，正发愁如何把它煮熟吃掉时，我接到了远在天边的女神的电话。她和我一样，求学他乡，独庆佳节。只是越来越发达的交流工具以及我"狼心狗肺"的脾气已让我没有了多少思亲思家的情怀，但女神不太一样，她跟我说，她想家了，她很孤独……

　　"矮油，你要么说，让我们这些单身狗情何以堪？"我一边试图把粽子的包装纸撕开，一边夹着电话跟她聊天。

　　"算了，靠他们？"我似乎能感受到电话那头女神的惨淡一笑，明亮闪烁的眸子黯淡下来，隐藏在一头如瀑的长发间。

　　不过，她说自己孤独，也并非完全正确，那些曾经或现在出现在她身边的追求者们就不可能使她的生活太过单调。记得她第一次跟我说她恋爱了是在去年十月，第二次十一月，第三次今年四月，第四次今年六月……其间还穿插着一些尚未被载入史册就黯然离场的背影。

记得她的1号先生是一位1米8的高个选手，当初为了女神，整整减下30斤的脂肪。即使如此，也没能阻止这场恋情无疾而终的结局。女神说，1号先生哪都好，脾气好、体贴人、有爱心，把女神宠得像个小公主，可惜太不成熟。他可以给女神所有的美好，却永远不能懂得女神的悲伤，一个是一路顺风顺水的乐观少年，一个是命途多舛的忧郁少女，这两个人实在难以有什么共同语言。时隔半年，当室友无意间谈起女神的男朋友们，提起1号先生还是一片唏嘘。上海的六月，正是"黄梅时节家家雨，青草池塘处处蛙"的季节。她们说，曾经在路上，看到女神与1号先生并肩而行。上海阴雨连绵不断，校园马路两旁的香樟也蒙上了一层烟雨气息，高高的1号先生撑着伞，将伞全部罩在女神的头顶……梅雨、小路、香樟她都记得，却唯独没有发现自己头顶悬着的那把伞。

2号先生是女神同一学院的亲学长，女神大一，而学长已是大四。但出口成章、才思飞扬，写得一手漂亮的毛笔字。毕业那年，学长作为代表发言，细数大学四年的心路历程，之后当场挥毫泼墨，占尽风头，一时成为老师同学茶余饭后的热点话题。尽管学长说毕业可以等她，但女神很清楚时间可以改变一切，与其将来被抛弃，不如现在快刀斩乱麻，自己先提出分手。这段恋情，就这样无奈地成为了历史。

相比于女神以上两位男友，3号先生是一位十足的理工男，说起话来总是一板一眼。女神一向喜欢理智沉稳的男生，她想这一次该找到她的真命天子了吧。然而理智也有理智的坏处。记得她跟我说过，她曾经最大的愿望就是可以和自己心爱的人手牵手走在学校的体育场上，望着天边的夕阳收尽最后一抹霞光，在她感觉孤单的时候，可以有一个人出现在她身旁让她依靠。然而，她告诉我，这对她来说是个奢望。

3号先生逻辑缜密的大脑并没有赋予他浪漫的细胞。她曾跟我讲过，有一次她一个人走在去体育场的路上，望着天边夕阳渐收，情侣——从她身旁走过，她多么希望那个称之为"男友"的人可以在她身边，陪她默默地走一段路。她拿起手机，问他能否来，对面传来那个人抱歉的声音……"记得有一次，学校里举行音乐会，我一个人坐在观众席的最后排，从人烟攘攘坐到寥寥数人，我手机里的消息依旧停留在那句'有时间陪我来听听音乐会如何'。他没有回复我，直到后来，他回了电话，告诉我他手机没电了。我说没关系，音乐会就要结束了，我一会儿自己会回去。但实际上离音乐会结束还有一个小时。我没有办法去跟他生气，他的理由足够充分，我并不想做个刁蛮任性的女孩儿，但当时让我心平气和地面对他真是不可能。"

结局可想而知，不出一个月，女神又和这位"真命天子"分道扬镳了。接下来的4号、5号等等先生也不过是你方唱罢我登场。

读到这，大家会不会在脑中现出"朝三暮四、水性杨花"八个大字？其实连她自己都在问我这个问题。她说她遇见过许多人，形形色色，各有千秋，但她却感觉这并非她的良人。很多事情，她不愿多说，即使说出来又如何，或许有人觉得她是吃饱了撑的也未可知，没有经历，也根本谈不上感同身受。

不知这是不是她频繁更换"男友"的原因，因为孤单所以选择寻人陪伴，但往往她的孤单并不能因为一个人的出现而减轻，于是她开始痛苦、开始厌倦……

一场恋情，一个故事，当初的一时兴起，牵动的却是两个人的心。爱情，这个被讨论了数千年的问题，我该如何看待你？

东子说法

一学期谈了四五个，照这样计算，读个大学没三四十遭恋爱还真下不来。我想如此频繁更换男友绝不是女主的初衷，但长此以往，不仅不能寻到白马王子，甚至还会对爱情丧失信心。

如果真是水性杨花之人，这样倒也正常，但文中的女神显然还达不到这个"级别"，充其量是个"朝三暮四"的主。真正甜美久长的爱情需要的不是数量，而是质量，不走心的三十个不如真情一个幸福感强。

女神之所以频繁更换男友，主要原因是心态浮躁。这既有社会大环境的因素，也有自身的原因。不妨我们来回放一下看看。

她的1号男友是个脾气好、体贴人、有爱心的人，把女神宠得像个小公主，但是因为不够成熟而被弃之；2号男友出口成章、才思飞扬，是一个小才子，因担心被甩，结果女神来个先发制人，把对方抛掉；根据种种表现，可以看出3号是一位十足理工男，不解风情自然难合其意，这段情夭折是早晚的事……

女神何以至此？

说好听点是爱情观不正确，说白了就是这些男友给她惯的。

女神想要一个完人：既成熟又浪漫，脾气要好，还能体贴人，对自己要百依百顺……

没看看自己怎么样，你是一个十全十美的人吗？如果不是又凭什么要求你的男友是？你是太阳吗？不然为啥非得围着你转？既然喜欢浪漫为何还要选一个不解风情的木男呢？

还动不动就想个小伎俩来测试男友，这种做法是非常愚蠢的，这是对男人的极大伤害。真诚是人际交往的第一原则，这样的测试就是不真诚的表现。而且这种做法很容易弄巧成拙，最后鸡飞蛋打。

通过对2号男友的处理方式，我们可以看出这个女神疑心太重，找一个不如自己的不甘心，找一个比自己强大的又担心。这种疑心心理主要来自对自己的不自信，不自信又不甘心使自己失去正确的判断。

东子忠告"女神"：欲求太多就会失去更多。恋爱和做事一样，都要一心一意、一丝不苟，只有你真诚付出才能换回真心。无论是什么关系，人与人的相处，要彼此尊重、信任和理解。少些苛责，多些包容，爱情之花才能常开不败。

我的那个"大丈夫"

　　俞飞鸿的《小丈夫》上映时，Linda刚刚结束一段恋情，记得去年的这个时候，Linda把王志文主演的那部《大丈夫》又看了一遍，希望从里面找到点解决问题的良方，然而转过年来，大众就把视角转到了"小鲜肉"身上，而Linda的"大丈夫"也随着这股热潮不温不火地黯然离场。一年来，Linda感觉自己像做了一个梦，而无论这个梦美好还是恶俗，Linda都不想再提起。

　　故事发生在一年前，Linda研二，从本科到研究生，Linda已在长春待了六年，看着教学楼下的垂柳绿了又黄，黄了又绿，似乎见证着自己的点点滴滴。马上就要毕业了，各种焦头烂额的事情也如期而至，比如论文，比如就业，但Linda还有一个更头疼的问题，就是把她的男朋友带回家，给自己的老爸老妈过过目。

　　这位男朋友不是不优秀，学历高、有稳定收入、长得温文尔雅、人品也不错，一般丈母娘要求的那几点都具备了。但只有一点，也是这一点，让Linda每次面对爸妈，张口要提男朋友时都有些打怵。相比于Linda的年龄，她的这位男朋友与她父亲同岁，比她妈还大一岁。传说中的"老少恋"就这样在Linda身上发生了。

　　Linda与她的"大丈夫"在实习时相识，平日里大家都称他为

"老师"，生活上的交往使Linda发现，这位和自己老爸一样大的"老头"有一颗孩子般年轻活泼的心。很快，Linda与他成为了忘年之交，比起在家戴着眼镜，喝着茶水，不苟言笑的封建家长式老爸，Linda感觉眼前的这位老师更为平易近人。

一次，Linda与老师乘着动车返回长春，老师问起了Linda的感情问题。在此之前，Linda交往过几个男友，但最后都无疾而终。这一路，老师给Linda提了不少忠告，同时Linda也意外得知，老师目前还是单身。

直到有一天，Linda收到了老师的一条微信。那时，Linda的实习即将结束，正准备开启一段新的征途。

"Linda，记得前几天你说想一个人去长白山旅游，你一个女孩子太危险了，正巧这几天我也打算出去散散心，咱俩结个伴，如何？"Linda先是一愣，随后以为是老师在开玩笑，于是也开玩笑地回了一句"好啊"。但没想到，一句戏言弄假成真，第二天，老师的车出现在Linda楼下。

之后的几天，Linda跟着老师游览了美景无数，也是那一刻，Linda迎来了她的另一段爱情。在这之后的时光里，老师成为了Linda生活中不可缺少的角色。

但有人的地方就不可能没有摩擦。在生活中，Linda也有和老师吵架的时候。Linda二十多岁，虽然她和"大丈夫"是同事，但年龄恰好是她的两倍。很多在Linda眼里很严重的事情，在历经了几十年风雨的老师眼里简直不值一提，自己认为重于泰山的问题，在对方那里却轻如鸿毛，Linda倍受打击。甚至有时，在Linda渴求安慰的时候，都得不到对方的认同，老师只会用严厉的言语批评Linda，留Linda一人默默承受。而很多老师的问题，Linda什么忙也帮不上。曾经在同学眼里风光无限的Linda，在老师的世界里找不到半点存在感。"人的快乐都源于她的价值，一个人如果一点价值都没有，那她的存在还有什么意义呢？"此时的Linda感觉好累，为了这个存在感，Linda痛苦了好久。但每当Linda看到老师为她准备的那一桌丰盛的晚餐，所有的委屈和不满又烟消云散。"什么时候自己变得这么好对付了，说好的不理他呢？怎么因为一顿饭就缴械投降呢？"Linda这样想着。

偶尔，老师也会和Linda谈起婚嫁的问题，这时也是Linda最头疼的时候。且不说Linda的父母会不会接受这么大的女婿，就连Linda自己也在犹豫不决。毕竟Linda年龄还小，她还不想这么早就结婚，这么早就走进柴米油盐酱醋茶的生活里，她还渴望着到社会上去闯一闯，闯出一份自己的事业，闯出一片自己的天地。

但妈妈也说过，女人最终是要回归家庭的，这就像太阳东升西落一样自然。现在因为Linda年轻，所以可以很自信地说，自己一个人也可以活得很逍遥。但之后呢？过了十年、二十年，当自己渐渐褪去了那一身棱角，Linda是否还会如此笃定地相信自己可以当一个孤独的狂欢者？

直至后来，一件事情的发生使Linda下定决心结束这段恋情。

那天，Linda生了重病，趴在床上连喘息的力气都没有，家里除了老师没有其他人可以照顾她。而那时的老师要去参加一位挚友父亲的寿宴，望着卧床不起的Linda，老师说到外面散散心有助于恢复健康，于是Linda被老师带了出去。不过，老师并没有带Linda参加宴会，他给Linda的理由是"多有不便"，于是，Linda被放在离宴会不远的一个风景区。Linda至今还记得，那天太阳很毒，自己一个人扶着墙角找到一个可以坐的地方，整整待了两个小时。或许，因为太过尴尬的年龄，给Linda与她的"大丈夫"造成了很多不便，Linda理解但不会认同。当自己的存在成了对方的不便，那么这段关系的存在还有什么意义？想到当初，Linda与老师刚刚在一起时，有人会说Linda心术不正，勾引了老师，想想自己现在的处境，Linda不禁感到委屈。

Linda至今未敢告诉过家里人，自己曾交往了一个"大丈夫"。

望着长春淡灰色的天空，仿佛一场大雨即将倾盆。这位曾经的"大丈夫"，满足了Linda所有对另一半的畅想，却也带来了很多让Linda意想不到的悲伤。现在的Linda，面对"老男人"有一种莫名的恐慌，她渴望被父亲一样的另一半保护，却又害怕会受到伤害。

"未来的路还很长，我该怎么办？"Linda问自己。

东子说法

年近50的大学教授欧阳剑，学识渊博，儒雅有礼，对于爱情，他有成熟男人的理性，也有老顽童的天真。30岁的顾晓珺是一个有思想、有个性，活泼、可爱的女孩，交往中欧阳剑成了她的心灵支柱。

这样的爱恋自然要遭受各方阻力，但在他们的共同努力下，历经波折，终于修成正果，顾晓珺如愿嫁给了"大"丈夫欧阳剑，收获了美满的婚姻，过上了幸福的小日子。

这是去年热播的电视剧《大丈夫》里的故事。

女孩嫁人，相对于年龄而言，品质和能力更重要。其实，年龄不是什么大问题，同一年龄段的人，由于性格、学识、工作等因素，差别是很大的；婚姻的幸福感很大程度取决于彼此的性格、价值观和生活习惯。当然，年龄也不能相差得太离谱，至少要心理和生理上能达到基本一致。

据报道：在杭州市2016年10月份6000对登记结婚的夫妇中，丈夫大妻子20～30岁的有31对，大10～20岁的有324对。根据这一数据，我们可以看出大丈夫的比例在逐年增加。其原因是多方面的，从心理学上讲，同一年龄段的男女，女性更成熟些，为了找一个比自己成熟的男性，这些女性就把目光投向了大自己十几甚至二十几岁的大叔们。再一点，从生理角度，女性的容颜和性需求衰退较之男性要早，找年龄大些的有安全保障。所以就有了"亦师亦友，亦父亦兄"的"老少配"。

根据文中的叙述，我猜想Linda今年24岁，而她的大丈夫应该是48岁。

东子身边恰恰有两例夫妻年龄相差24岁的，他们的日子过得不尽相同。

一对夫妇和我生活在同一座城市，"大丈夫"在我少年时代就是我的"偶像"，他曾是家乡较为成功的人士。47岁时事业遇挫，这时一个23岁的女孩，走到了他身边，与其牵手陪他共渡难关。当时，很多亲友都认为他们的婚姻不靠谱，预言两三年后将各奔东西。可事实呢？22年过去了，他们恩爱如初。另一对夫妇是我到外地一家电视台做节目结识的，"大丈夫"是大学老师，小媳妇则是他的学生，刚开始的几年挺甜蜜，后来分开了。

其实，这和其他婚姻一样，有恩爱幸福的，也有劳燕分飞的。所以，不是每个中年男人都适合娶"小"妻子，也不是所有女孩都适合嫁"大"丈夫。这要看性格、学识、职业和价值取向，只有彼此欣赏，性格合得来，才能拥有幸福。

现在像Linda这样的"大叔控"女孩越来越多，我们不能用肯定或否定来面对这一现象，因为个体总是有差异的。就如刚才我举的两个例子，为什么有的可以相守几十年，而有的过不了几年呢？

无论是大丈夫还是小丈夫，爱情是婚姻的基础，没有爱情的婚姻即便久长，其幸福指数也不会高。爱情仅有彼此的欣赏是不够的，还必须相互理解和包容。

就说大丈夫去参加朋友父亲寿宴这件事吧。从表面看，他做得显然不妥，把小女友带去了不让露面，这样会让Linda感觉自己不被尊重，所以才选择离去。我感觉仅仅因为这件事分手似乎有些轻率，应该问清缘由，也许他有难言之隐。比如他事先没有和这个朋友透露过自己处小女友的事，或者在这个场合上，有其他不方便的地方。

两性相爱，年龄差大，意味着风险也大，这是自然的事情。所以，如果选择迈出这一步，就必须有足够的心理承受能力，不然就不要涉足于此。既然去爱，就不要言悔。至于未来的路，何去何从，要跟着自己的感觉走。

最后，我把送给女儿的话，在这里送给你：爱情路上，即便我们不能赢，但一定要输得起！

绕不过的"分手季"

　　转眼间，琪琪已在大学待了四个年头，曾经热热闹闹的8人寝室，如今只剩下三两个伙伴，大部分已经该工作的工作，该回家的回家，只等到毕业证发下来，给自己的四年大学光阴画个圆满的句号。昨天琪琪接到小毛的电话，她说她失恋了。

　　小毛的男朋友家在远方，她不愿意就这样跟着他背井离乡，他也不想为她留下来。两人打了一个月的冷战，最终和平分手。小毛在电话里苦笑，想想四年的感情，最终竟抵不过毕业的狂风暴雨……撂下电话已是深夜，琪琪望向窗外，楼下的金叶榆作响，很多情侣都喜欢在这棵树下依依惜别，以前有小毛和她的男友，也有琪琪。

　　琪琪与她的男朋友关系一直很好，是系里公认的模范情侣。冬天长春的天气很冷，琪琪一个人在自习室里复习，外面风雪交加，从楼上望去，门口的路灯仿佛都被笼上了一层白纱，很快，路面就一片银白。

　　望着窗外纷飞的大雪，琪琪看着手头的公式就像窗外的雪花般庞杂，肚子也不由自主地叫了起来。就在这时，自习室的大门被推开，男友走了进来，变戏法似的给琪琪掏出了一盒蛋糕，搞得琪琪又是欣喜又是感动，心里暗自庆幸，自己找了个"中国好男友"。

不知不觉，琪琪已经和男友携手走过了四年。在这四年里，他们一起上课，一起复习，一起吃饭，一起游山玩水，一起吃遍长春的各色美食，即使是排着长长的队伍，等待也变成了一种享受。但琪琪和男友也有吵架的时候，她生了气，三天五日不理男友。一赌气，干脆把男友的手机号、QQ号、微信号统统拉黑，结果还是男友特意跑过来低头认"罪"，俩人又和好如初。

但是到了大四，琪琪和男友都忙碌起来，彼此间的联系也越来越少，渐渐由一天一次，变成了一周，到最后几乎一个月也没有对方的音讯。

这时，琪琪接到了家里的电话。琪琪的老家在青海，不远万里来长春求学，起初她爸妈并不是很同意，但录取通知书已经发了下来，父母也只好打点行李，把她送上了火车。此时终于等到闺女毕业，父母最担心的就是自己辛辛苦苦养大的女儿最后跟别人跑了，若是将来孩子在外省工作或是定居，这可让他们如何安心？于是，两位老人早早地为她谋了一份差事，只等她回到青海，就直接工作。

但父母的一片好心，此时却成了琪琪最头疼的问题。男友家在长春，如果按照父母的旨意回到了青海，那他怎么办呢？他会跟自己去青海吗？而让琪琪忍痛放下这段感情，却如刀尖割肉，如何也狠不下心。

琪琪还记得不久前，自己和男友逛街时，偶然路过一家婚纱店，橱窗里的一件婚纱瞬时吸引了自己的眼球，那时的琪琪还说："将来我们结婚，我就要穿这套婚纱。"如今想来，真是有些好笑。

"已经有一个星期没和他联系了吧。"琪琪心里想着，"不知道现在他在做什么？"望着手机里男友的电话号码，却怎么也按不下去。以前在男友面前有什么就说什么，但如今却一句话也说不出来。她多想告诉男友，她的父母要她回去，但她不能这么做，她想和他在一起。

经过了一番思想斗争，琪琪还是拨通了男友的电话，对面传来了男友压低的声音，他说他正在图书馆复习。琪琪一口气将前因后果全部讲给了他听，她把所有希望都压在了男友身上，只要他说一句"琪琪，我舍不得你"，她就会留下来。但此刻电话那头陷入了一阵沉默，半晌男友支支吾吾地说："回青海也挺好的，现在找个工作不容易，别让你爸妈心寒，我想考研，去杭州，那是我的梦想……"

琪琪愣愣地听完男友的一番说辞，其意不言而喻。但想来也是可笑，琪琪的梦想是陪着他走过千山万水，而男友想的却是奔他的前程，或许这就是男女间的差别吧。

后来琪琪再一次路过那家婚纱店，她对着橱窗盯了许久，最终惨笑一声，默默离开了。

毕业季也是分手季，这种说法似乎已在所有人心中达成共识，多少曾经彼此恩爱的情侣因为毕业而成了最熟悉的陌生人，又有多少情侣因为毕业而在心里留下了一道无法抹去的伤痕。记得我们学校的门口有两片松林，分列大门两侧，刚开学时就听有学长学姐戏称，这两片林子各有来头，一个叫相思林，一个叫断肠林，一个给大一谈恋爱准备的，一个给大四分手准备的，还真是把"毕业即失恋"这种说法体现得活灵活现呢。

面对大四即将劳燕分飞的局面，我们该如何抉择？

──────────── 🖋 **东子说法**

毕业临近，校园里弥漫着各种分手的气息。而求职择业更是迫在眉睫，处处碰壁的音乐系研究生林辰决定帮男友孟里完成毕业音乐作品《天籁》，而孟里却放弃对《天籁》的追求，听从了父母的安排带着自己不爱的校长女儿夏月出国深造……这是由顾莉雅主演，2014年底上映的《毕业那年·分手季》讲述的故事。

现实生活中，每年大学毕业季都上演着类似的剧目。毕业季对于大学生（含研究生），要忙的有两件事：一件是人人面临的就业问题；另一件虽不是所有人，但也是很多人共同面临的棘手问题——分手。工作和爱情双丰收的有，但却为之寥寥。

据了解，在大学建立起来的爱情，在毕业季分手的高达80%以上。主要原因如琪琪和男友一样，地域阻隔是最大的一个问题，再有就是工作差异、家庭条件……

无论是从教育体制还是学生的身心发展状况来看，大学都自然会成为爱情的温床。所以，大学里爱情疯长是无可厚非的。这时的爱情往往和婚姻无关，或者有极少数是为了婚姻而相爱，而更多的是身心的一种慰藉，只是因为需要爱和被爱。这样的恋爱往往重过程，轻结果；重享乐，轻责任。因为抱着这样的一种心理，所以他们不会考虑很多现实的问题。

而到大四，现实迎面而来。没有足够心理准备的小情侣们，自然要被撞得措手不及。现在的大学生基本都是独生子女，孩子将来如果远走他乡，做父母的多有不甘，如文中琪琪的父母那样。而一对新人两地生活又很不现实，所以分手也就摆在了眼前。

大学期间校内的恋爱，父母知不知道无所谓，而工作后的恋爱父母是一定要过问的，因为它关系到自己孩子的工作发展和未来的婚姻。所以，以前的浪漫转化为现实，家长不能不考虑自己孩子和对象的一些实际情况。如果一旦发现问题，就会出面制止。最终，90%以上的人以"孝"为名而选择分手。

说心里话，东子非常不认同这种"孝"，为了父母就可以牺牲你的爱情吗？除非不是真爱！如果是真爱，走到天涯海角都要相依相伴，而不是以父母不同意为借口。如果彼此真心相爱，就要为此做出牺牲，就要说服父母。

在物欲横流的今天，谈爱情，我感到是一件很奢侈的事情，似乎那是久远的过去。海枯石烂、不离不弃、风雨同舟、相濡以沫、天长地久、至死不渝……都只是一个个抽象的词语，现代人已经无法用真情演绎。

王宝钏苦守寒窑一十八载，在今天看来简直是天方夜谭，甭说18年，就是18个月，甚至18天都守不住了。因为那份至高无上的真情，那份比生命都金贵的爱情，离我们越来越远……

所以，不要悲伤，不要懊丧，好好过未来的日子吧。虽然你们分手了，但至少你们曾经爱过，甜蜜过，经历过，感受过……想想那些"单身狗"们，连谈分手的资格都没有啊！

得到的要珍惜，失去的不要惋惜。

我失去你才知道你对我真正的意义/才知道我的懦弱决定会让你更远去/每个下雨的夜里/生活的点点滴滴/都关于你/让我懂得了珍惜/我知

道我已再看不到你对我笑的样子/可是我只能站在原地/无能为力/学着

放下吧/毕竟终究只是场回忆……

最后，东子把这首《分手季》送给那些青春男女，踏着歌声去开启

新一段旅程吧！

我遇到了"绿茶婊"

　　首先还是先科普一下"绿茶婊"：特指那些长发飘飘、清汤挂面，貌似人畜无害，楚楚可怜，而实际上野心比谁都大的女人。

　　这样的人，往往是女生眼中的钉子，男生心里的金子。很"幸运"，Paul王学长就遇到了一个这样的"金子"。

　　王学长比我大一届，是电影《速度与激情》的忠实粉丝，从2001年的《速1》开始，一直到2015年的《速7》，王学长一部不落地将它们一一珍藏。而其中，饰演布莱恩的保罗·沃克也成了王学长的偶像，甚至他在微信的昵称都是"Paul王学长"。当年，王学长喜欢上了我的一位室友，结果自己不敢表白，跑到我这套近乎，搞得我丈二和尚摸不着头脑，后来才发现他"居心回测、用心不良"。但我对红娘这种角色一直抱着敬而远之的态度，除了跟他讲了讲室友的喜好厌恶，其余的就只能祝他自求多福了。但让我没想到的是，这两个人最终竟真的走到了一起，也是一段佳话。

　　然而好景不长，另一个女生的出现打破了这个原本甜蜜的爱情故事，我这里姑且就叫这个女生"绿茶"吧。

　　绿茶比我还要小一届，王学长与她是在社团认识的。据她说，招新时我与她还有一面之缘，可惜我搜遍了大脑，也想不起来我在哪见过这位眼睛大大的，说话嗲嗲的，总爱捂着嘴笑的女生。但她说有就有吧，谁会跟个小丫头较劲。

　　不知绿茶是怎么跟王学长勾搭上的，私下里总是跟着王学长"哥、哥"的叫个不停，一副甚是熟悉的样子。"自古兄妹之间，必有奸情"，室友看见绿茶与王学长之间过于亲密，也气不打一处来。天天吵着要王学长解释清楚，而王学长的解释也相当简单——"我们没什么。"到最后，反倒成了室友在无理取闹。

　　《速度与激情7》上映那天，王学长第一个跑去买了两张电影票，邀室友一起去看。但那时的室友还在气头上，果断地拒绝了他。结果那天晚上，室友在刷朋友圈时，突然发现了一条足以让她三天吃不下饭的动态。

　　动态是学长发的，关于一张照片，照片里学长拿着一张电影票，下面附着一排小字："纪念保罗·沃克，愿在天堂安好。"而气人的是，在几分钟后，绿茶也发了一条同样的动态，照片里依旧是一张电影票，而且与学长那张是同一时间、同一地点、座位相连的。那天室友哭了一夜，第二天果断而决绝地跟王学长说了分手。

　　世界就是这样喜欢跟我们开玩笑，明明说着"我们没什么"的人变得有什么，明明是去看《速度与激情》，现在变成了《速度与"奸情"》。从早上王学长打电话给室友，邀她去看电影到晚上发朋友圈，连12个小时都没过，要速度还真有速度呢。

　　室友与王学长不欢而散之后，作为室友的坚强后盾，我也没有与王学长联系过。

直至一学期后，当我埋头于攻克"塞音、擦音、塞擦音"的发音方法而欲哭无泪时，我收到了王学长的信息。

"怎么样，王学长，和新嫂子的生活可否幸福？"见王学长竟然"自投罗网"，我打算替室友"报仇雪耻"。

"唉……"看到王学长的回复我一愣，难道长江后浪推前浪，竟有人也把"绿茶"拍到了沙滩上？我不由想起了当年范伟老师的经典语句，也不知是哪位天使大姐替我室友出的这口恶气！

经过与王学长的一番长谈，我才得知了事情的原委。原来替室友出这口恶气的不是别人，正是绿茶自己。

那天王学长邀室友未成，正打算一个人去看电影，正好遇见了来送礼物的绿茶。绿茶说她也极喜欢《速度与激情》，尤其是里面的保罗·沃克。只可惜保罗·沃克在一场车祸里丧生，也给这部电影留下了无法弥补的遗憾，所以绿茶特意买了一张印有保罗·沃克的海报送给王学长。这使王学长大为感动，于是把另一张电影票送给了绿茶。当时的王学长并没有想和室友一刀两断，后来的动态也是无意之举，但没想到，绿茶发了一条和王学长一模一样的动态。结果，室友和王学长大吵一架，而王学长也渐渐明白了绿茶的心意。一面是和自己闹脾气的女友，一面是甜美可爱的绿茶，最终，王学长还是选择了绿茶。至少，在那时的王学长看来，绿茶要比室友善解人意许多。

但好景不长，绿茶和王学长之间本就是心血来潮，很快，绿茶就厌倦了王学长，和一个同班的男生暧昧不清。直至绿茶将王学长一脚踢开，开启了一段新的恋情，王学长才发现，那个外表甜美可人、善解人意的小学妹，不过是"金玉其外，败絮其中"。

现在的王学长成了孤家寡人，开始怀念起曾经和室友在一起的快乐时光。多少个日月，室友曾和王学长一起，在值班室里整理各种各样的资料，在自习室里解决各式各样的难题，在食堂里消灭各式各类的食物。而如今，这些快乐只能留存在记忆里，待到无人时，独自回忆。

学长说，他想和室友和好。想到刚刚从失恋阴影里走出来，发誓要昂扬向上当个"女汉子"的室友，我只能祝他自求多福。

渣男好认，但"绿茶"难识。看着那些清纯可爱的小女生，谁会知道在她们的背后竟暗藏心机？又有多少情侣一步步走进"绿茶"们布下的陷阱，最后不欢而散、曲终人离？我们怎样才能抵御"绿茶婊"，打好这场"爱情保卫战"？

东子说法

人总是会变的。

随着环境的变化，人会逐渐改变。无论是从"绿茶"到"绿茶婊"，还是从天使到魔鬼，"变"对于每一个生命都是永恒的主题。不过是怎么个变法而已，浪子能回头，"绿茶"为什么就不能成为"绿茶婊"呢？

人性具有多重性，"天使"与"魔鬼"往往会聚于一身。生活中，我们不是经常感慨：这个人看着很老实啊，他怎么突然杀人了？一个见了女孩就害羞的男人，他怎么就成了强奸犯呢？善恶、好坏都不是绝对的，每个人身上都具有这样的双重性格。只不过是比重大小而已，天平的倾斜往往就是取决于后天环境的变化。

爱情路上，要愿赌服输。

任何一场恋爱的结局成败都只有50%，爱情的征程上，没有常胜将军。最近，我和女儿在谈论这方面事情时，告诉她："你这年龄是恋爱的美好年华，不应该是空白，但如果涉足其中，我们不期望赢，一定要输得起！"昨天还有一个大一的女孩，因为失恋向我哭诉，要死要活的。非说那个渣男把她甩了，通过发来的微信对话截图，我感到那个男孩还是很有责任感的，并不是什么渣男，只是对这个女孩没兴趣罢了。"天要下雨，娘要嫁人"，随他去吧。老话说得好，"三条腿的蛤蟆不好整，两条腿的大活人不遍地都是"，老话接着又说了，"天涯何处无芳草"。

这些年做心理咨询，无数在恋爱和婚姻中遇挫的人，都会提出如何打好"爱情保卫战"或者"婚姻保卫战"。我特别不欣赏这个保卫战，该走的让他走，该来的自然还会来。顺其自然，不问对错。得到的要珍惜，失去的不惋惜。这是东子的一贯观点。这颇有点老庄的味道了，我本人也确实很欣赏庄子的哲学。

生活中，东子也曾经历过爱情的背叛，我没有懊丧，没有抱怨，而且满足甚至感恩，感念她曾给予我的幸福。其实，你也当如此啊。

"绿茶"不是给过你幸福吗？这就足够了，不要奢望太多。很多人不幸福就是因为内心的贪婪，总是希望得到最好的。由"茶"变"婊"，你享受了茶香，现在又没有受到"婊"的侵染，如此说来，你是双赢啊。这就是看待事物的角度问题。

"绿茶婊"虽是由"绿茶"而来，但我们不能就认定她最初的目的就不纯。很多人特别在意结果，而东子却很看重过程。珍存一份浪漫、一份甜蜜，不也很好吗？你的生命里还会有新的"绿茶"出现，当然也不排除"绿茶婊"的到来。

　　心存美好，幸福常顾。

"女王"世界不美丽

　　女王今年二十有二，高个、中发，走起路来目不斜视，说起话来不让半分。在女王的世界里，她就是要把自己活成一个太阳，成为整个银河系的中心。"人生得意须尽欢，莫使金樽空对月"，光阴短短几十载，我们连自己的心愿尚且无法完全满足，又为何要讨好别人？而对待爱情，女王更是一副凌驾于众人之上的态度，其任性程度，不亚于喝酸奶只舔瓶盖的土豪。

　　纵古观今，无论是文学作品还是现实生活，似乎永远都逃脱不掉爱情这个问题。女王不知道历代先哲们是如何定义这个问题的，只记得苏格拉底曾给他的学生做过一个采麦穗的实验，把学生带进一片麦田，让他们挑出最大最好的一株麦穗，通过选取麦穗时的心态和结果来跟他的学生解释，何为爱情，又何为婚姻。但女王认为，无论他们如何探讨，似乎都是在"爱情"这个框框里爬行，"我们就一定要进那片稻田采麦穗吗？我进去逛逛没意思了再出来行不行？"

　　女王虚晃二十余年，自称不敢叫嚣着说"爱情"为何物，但相比于现在因爱受挫、心烦意乱、情绪低迷、一蹶不振的女同胞们来说，女王觉得自己这个意气风发、潇洒昂扬的女子还是有点发言权的，毕竟女王现在过得的确挺快乐。

在女王看来，她从不觉得爱情是什么非有不可的东西，尽管大势所趋，从亚当夏娃偷尝禁果到牛郎织女鹊桥相会，它已变成文学世界里的永恒话题。若如此也就罢了，女王不明白的是，为什么在爱情里沉浸其中难以自拔的往往都是女生？难道说造物主把你们造出来，赋予你们个性、给予你们灵魂，让你们环肥燕瘦各具千秋，就是为了让你们为情所困、痛遍一生的？

北京的冬季风烟滚滚，黄沙雾霾让大街小巷上来来往往的人个个都成了蒙面黑侠。那年的圣诞节灯火通明，街头巷尾热闹非凡，女王的室友们要不跑出去拉帮结伙地疯狂抢购，要不就和自己的男票含情脉脉、你侬我侬，只留下女王安慰刚刚失恋不久的室友。

室友的男票，也算是风流倜傥、仪表堂堂，一张口吐莲花的嘴，把室友迷得神魂颠倒。只可惜，渣男年年有，今年特别多，男票和室友相处两年最终还是劈了腿，搞得室友像个深宫怨妇，天天以泪洗面。还是女王霸气，当机立断找到了劈腿男的现女友，拉着室友和那个女生一起到劈腿男面前对峙，以消室友心中之怨气。

"我们女性熬过了中华上下五千年，从夏商周的奴隶社会，到八股取士的封建剥削，忍受着朱熹拿着四书五经、女德女训，把我们的自由压榨到最低，到如今可不是要任人宰割的！"女王这样讲过。

生活中，女王有很多事情弄不明白，比如：一个男子如果放荡不羁、阅女无数，他可以引以为傲地说一句这叫"万花丛中过，片叶不沾身"。更有猥琐之人会赞他一句"风流洒脱"。到了女生这儿，你要是一年里交上三五个男朋友，别人立刻就会给你贴上"水性杨花"的标签，仿佛她犯了天大的错误，要立刻浸猪笼。尽管我国的各大法律早已三令五申宣扬男女平等，但女性受歧视还是个不争的事实，更令女王无法容忍的是，很多女性根本意识不到不平等的存在。故而，宣扬女权，从我做起，女王决不允许有触犯她威严的任何可能性。

女王认为，爱情的世界里无关对错，我不喜欢你了就是不喜欢你了，管它和你在一起是一天还是一年？既然不合适，就要快刀斩乱麻，莫要委屈自己。当然倘若你在意的那个人离开你了，伤心总是避免不了的，但有一点，适可而止，别弄出一副生不如死的模样，几年后都是过眼云烟。有句话说得很好："不喜欢我，我也不喜欢他。"既然他走了，那就证明他不是你的良人，这样要死要活的，除了让亲者痛、仇者快以外，还能有什么用？难道你要用哭泣挽留住那个男人的心吗？真若如此，你的尊严呢？一个连尊严都没有的爱情，你留着还有什么意义？男人欣赏的是一个有个性、思想独立的女子，而不是一个只知道委曲求全的木偶，然而很多时候，为情所困的女子智商多半已经降到了学龄前。

"有的时候女子应该拿出一点洒脱大气来，你喜欢我，那是你的事，与我无关，至于我是否回应你全凭我的心情，至于能不能在一起，关键还是要看你的个人素质，你若是资质平平，那么就别怪我们给你贴个好人卡就说再见了。"女王的这部《恋爱圣经》"教育"了一批又一批在爱情中水深火热的少女，偶尔发到朋友圈，还能迎来一阵狂赞。

其实爱情这个东西，说不清也道不明，很多时候我们感觉并不搭的两个人反倒修成正果，而一些貌似郎才女貌的才子佳人却最终分道扬镳。女王"唯我独尊"的理论未经实验实在不知对与错，但这种独霸天下的气概却吸引了不少眼球。

在家长眼中，女生要针织女工，样样精通；在男人眼里，女生要温良贤淑、德才兼备。我们很努力地提高自己，把自己打造成一个上得了厅堂，下得了厨房的高端女性，难道就是为了变成合乎其他人审美的贤妻良母？我们就不可以有自己的个性吗？那些"假小子"们就不被社会所容了？

如今，看到少男少女们在寝室楼下上演"年代苦情大戏"时，还会想到女王那盛气凌人的模样，"我是女王我做主"，这是对还是错？

●东子说法

女王的种种表现告诉我们，她是一个极端个人主义思想很重的人。从心理学上来看，她具有自负型人格分裂症状。所以，外人看着她混得不错，活得也挺滋润。其实，这都是表象，她的内心是孤独的、寂落的，甚至是痛苦的。因为她"飞扬跋扈"的行事风格背后，是一颗渴求关爱的心，她依然是一个需要男人臂膀的"小女人"，可她的所为不可能有很男人的男人给予她温暖。

无论男性还是女性，无论是友情还是爱情，只有尊重对方，才能得到对方的尊重，也才能言其平等。而唯我独尊、自高自大，一味地倡导"男权主义"或"女权主义"都是一种错误的想法。一个人的威严或者是威信的建立不是靠打压他人，而是通过自己宽厚的大爱，用真诚所赢得的。

人与人之间良好关系的建立，是彼此尊重，而不是一人凌驾于另一人之上。女王口口声声地强调"尊严"啊，"威严"啊，这都是内心不自信的表现，人前表现得唯我独尊，而人后又顾影自怜。

男女平等无须倡导，有些事情自然平等，而有些事情各有其长，一刀切的男女平等是违背自然界生物发展的基本属性的。所以，顺其自然，做好自己就OK了。再者，男人和女人不是水火不容的关系，更不是决死抗争、退让妥协，而是由于生理和心理属性所决定的分工不同的同属关系。所以，无论是在家庭还是社会，男女各有分工，无尊卑之差，亦无支配、从属之别。

唯我独尊的人都是以自我为中心的自以为是者，女王也不例外。就比如，她说女性失恋不要哭哭啼啼想着挽回，认为这样是有失尊严的。这是一派胡言，无论男性还是女性，为了曾经深爱的人，失恋后哭泣都是最直接的宣泄方式，留恋挽回也是人之常情，怎么能说是没有尊严呢？人不是冷血的，而是情感丰富、有血有肉的高级动物。当然，东子不赞成为此痛不欲生，甚至死缠烂打，那样就真的尊严扫地了。

还有，女王说男人最欣赏的是"有个性又思想独立的女子"。我不知道她这是听谁说的，东子是男性，也对男性做过调查，结果是大多数男人不喜欢这样的女子，而是喜欢有点小情调居家过日子的女性。

另外，女王这孩子还犯了一个致命的错误。她把贤妻良母和有个性、高端女性对立起来，这完全是对这二者的曲解，贤妻良母与其学识、职业、地位毫无关系，更不是说有个性的女人就不能做贤妻良母。古今中外的贤妻良母不乏各界社会精英，在事业上取得辉煌成就的女性。贤妻良母绝不是只知道干家务和带孩子，她是需要具有一定思想，能与丈夫琴瑟和鸣，给孩子树立榜样的女性。

这个自诩为"女王"的女孩，如果一意孤行下去，只能自食其果，而痴迷她《恋爱圣经》的少女，也将被引向"歧途"。所以，女王及其追随者该醒醒了，脱离实际的标新立异，绝不会有生长的空间。

给心灵开扇窗

凭啥她处处比我强

与小敏一起长大的老姐，是姑姑家的孩子。

小敏对于这个和她如影随形，相伴二十余载的老姐可谓厌恶之极。从小到大，小敏几乎无时无刻不生活在她的阴影之下。都说这个世界上有一种孩子叫"别人家的孩子"，你未必能一睹其尊容，但他又能在任何时间地点出现在各位家长大人的口中，让你防不胜防。可偏偏小敏面对的这个家伙，不但知其音容笑貌、姓甚名谁，而且她可以随时随地站在你面前，跟你耀武扬威地炫耀一番，让你咬牙切齿，恨不得杀之而后快。

小敏的爸爸是老姐妈妈的哥哥，虽然小敏叫她"姐"，但其实两个人相差不过几个月，两人刚会走的时候，就在一个床上抢布娃娃。尽管她们不是一母同胞，但由于两家是亲戚，加之住在同一个小区，所以格外亲近。

但就是因为这"格外亲近"，才造就了小敏对老姐的"妒"入膏肓。几乎老姐取得的所有成绩，小敏都可以在第一时间得知，即使哪一天小敏漏听了一两条，父上大人与母上大人也会像演双簧一般，一遍一遍在她耳边像复读机似的叙述。叙述的同时还夹带着点评，时不时地赞叹几句，最后再把小敏揪出来做对比，唉声叹气地埋怨自己怎么就没摊上那么好的闺女……也只有这个时候，小敏才会觉得，爸妈的口才竟然可以这样好。

在所有亲戚眼中，老姐就是天上的星星，谁见到都要赞不绝口，自古红花配绿叶，那个倒霉催的绿叶就只能由小敏这个妹妹来担当，谁让她是同辈人里唯一一个与老姐年龄相似的丫头呢，小敏只叹自己"生不逢时、命途多舛"。

对于这个"神一般"存在的老姐，小敏要倒的苦水有太多太多，每每谈起，都是"怒从心中起，妒向胆边生"，全然看不出这两个人竟然是从小玩到大的朋友。

打小老姐就是琴棋书画样样精通，音乐、美术、舞蹈、器乐无一不精、无一不晓。起初小敏还好奇，老姐学这么多会不会很累，后来听老姐说，这些都是她自己选的，她喜欢学，她爸妈也乐得顺水推舟。或许是每个女生在童年时都有一个公主梦吧，梦想自己穿着红舞鞋在舞台上飞扬；梦想自己手执画笔，描绘自己梦中的世界；梦想自己面对五线谱，指尖在琴键上灵活自如。然而，同样是父母，小敏的爸妈在这一方面就显得严酷许多。

每到寒暑假，小敏都会趴在窗子上，看着老姐的妈妈带着她去上兴趣班，两只眼睛一直望到那一高一矮两个身影消失在街边的拐角处才迟迟离开。从小，小敏对音乐、舞蹈、绘画这一类艺术行当有着异乎常人的兴趣，不大点的时候就跟着电视里的节目咿咿呀呀地表演，到稍大一些，小敏提出想和姐姐一样去报兴趣班。当时，小敏的老爸叼着一个烟卷，跷着二郎腿斜倚在木椅上，拿起搪瓷缸喝了一大口茶水，看了看她，不紧不慢地说道："学这个有什么用，费钱不说还不靠谱，你英语背完了吗？一会儿单词我听写你，错一个你等着，学习都没搞好还想着学这些乱七八糟的！"

随着时间的推移，老姐的才艺之路越走越宽，年年都会参加几次演出，时不时就会捧一两个奖状回家。小敏心有不甘，当初同一起跑线的两个丫头，为什么如今天差地别？"我差在哪里？如果把自己与老姐的生活对换一下，我未必做得不如她好！"大家围着老姐欢呼时，没有人在意小敏的感受，"他们的眼里只有老姐！只有她！"每当想到这，小敏都会把头蒙进被子里大哭一场。

有些事，错过了就是错过了，要想回头已是山重水远。小敏的艺术梦就是这样，过了无忧无虑的年纪，连老姐也放弃了一身才艺开始学习，小敏就更不用说了。偶尔翻看电视，看到节目里那些涂着舞台妆，又蹦又跳的丫头们，小敏恨不得将遥控器摔得粉碎。

高考时老姐以优异的成绩考上一所名牌大学，而小敏只能灰溜溜地进了一所二流学府。就如老姐能考上重点一样在众人的意料之中，录取通知书发下来的那天，小敏父母的唠叨也一样没有逃出小敏的预期。

"你瞧瞧人家，再看看你，同样是从小一起长大，怎么差距就这么大，你高考时我们好吃好喝地供着，你就考这么个德行！"

父母的指责还在耳边徘徊，老姐那神采奕奕的神情一遍遍在小敏眼前回放，回想这二十年来，老姐就像个梦魇无时无刻不在自己身边徘徊，那得意的表情，那自信的神采，回过头来还要故作好人地宽慰一下处在低气压中心的小敏，摆出一副宽容大度的模样，此时若是小敏面露不悦，倒是自己小肚鸡肠了。

"上天真的很不公平，两个一起长大的孩子，凭什么一个赋予她世间所有美好，一个却将她打入地狱。凭什么两个有相同爱好的孩子，一个可以得到父母的支持，一个只能受到打压；凭什么一个品学兼优，另一个无论如何努力都只能活在阴影之下；凭什么一个从小如众星捧月，另一个就要被人冷眼旁观！"不是说人生不可能一帆风顺吗？那老姐的挫折呢，它在哪里？不是说"天降大任于斯人也，必先苦其心志、劳其筋骨"吗？那我的成功呢，又在哪里？

小敏找出相册，将与老姐的照片全部翻了出来，拿起剪刀，一张一张剪得粉碎……

"嫉妒生于利欲，而不生于贤美"。我们都清楚，嫉妒害人害己，然而面对那些光芒万丈的甲乙丙丁，我们无论如何也难以做到心平气和，面对这伴随了我们十几年的宿敌，我们该怎么办？

────────────● 东子说法

嫉妒心人人有，只是程度不同而已。

嫉妒俗称"红眼病"，一般是与与之相近的人比较，对对方高于自己而产生的一种不悦心理。它分为三个心理层次：初期表现为由攀比而失望的压力感，中期表现为由羞愧而不满的挫折感，后期则表现为由心里不服到怨恨憎恨的发泄行为。

嫉妒是指人们为竞争一定的权益，对幸运者怀有的一种排斥和敌视的心理状态。这种状态如果得不到及时的疏导，就会表现为变态报复行为，其结果自然是害人害己。相对来讲，女性的嫉妒心较之男性更重一些。

嫉妒的前期表现，人人皆有，如果能够正确认识，可化压力为动力，促进自我的提升；中期表现为亚健康的心理状态，这时就必须通过自我调节或他人帮助疏导，进行化解；而到了后期，自我已经进入迷失状态，通俗地说就是"着魔了"，所以此时无法进行自我调节，他人疏导也必须是其可以信赖的人或专业的心理咨询师。

目前小敏的情况，正是处于嫉妒心理的后期状态，应该说是一个很危险的临界状态，如果不及时解决，除掉"心魔"，则后患无穷。

小敏对老姐咬牙切齿，恨不得杀之而后快；每每谈起老姐，都是"怒从心中起，妒向胆边生"；将与老姐的照片全部翻出来，一张一张剪得粉碎。甚至看到在舞台上又蹦又跳的丫头们，都恨不得将遥控器摔得粉碎……

这些言行都表明，小敏处于严重的变态心理状态，她已经被"嫉妒"这个恶魔折磨得不能自已。她以偏概全地认为世间所有美好都给了老姐，而自己却被打入地狱；老姐一帆风顺，自己事事不如意；老姐取得成功是红花，自己只能是陪衬的绿叶……

这些想法都是极其错误的。老姐固然取得了一些成绩，但不能就说她是一帆风顺的，因为她不是不劳而获，为此也有一定的付出。再一点，人生是慢跑，你们才刚20岁，漫长的人生之旅才刚刚开启，谁将获得更大的成功，现在下定论还为时过早。因为"人生的路还长，指不定谁辉煌。"

无论将来老姐是否有大成，小敏这样一味地抱怨和嫉妒，肯定不会取得成功，甚至自己的学业和工作都学不好（做不好），而将来的幸福生活更是遥不可及。说白了，小敏的嫉妒心是一种急功近利、急于求成的表现。这种不从自身找不足，取长补短，反而一味嫉妒他人的做法，是最没出息的。

正是生物的多样性才有了多彩的世界，人有差别才会呈现多姿社会，抱着"既生瑜何生亮"的嫉妒心态，永远走不出心理阴霾，自然也就感受不到阳光的温暖。

红花、绿叶各有其美，花有花的娇艳，叶有叶的清香。嫉妒他人不如欣赏自己，抬起头，站稳脚，阔步向前，你也一样踏出美丽的人生……

我是一枚"女汉子"

老大是个土生土长的东北女汉子，"上得了厅堂，下得了厨房，写得了代码，查得出异常，杀得了木马，翻得了围墙，斗得过小三，打得过流氓"。除了"开得起好车，买得起新房"尚且不能如愿，新女性"十得"的标准老大算是基本符合。

记得刚上大学时，老大徒手拎四个暖壶，一口气跑上楼都是小case，绝对是当年第六寝室一道亮丽的风景线，就连门房老大爷也对她印象颇佳。"那个丫头啊，人不错，每回我电脑坏了都是她帮着修的呢。"

老大平日里大大咧咧，在全寝室女生掀起一股化妆狂潮的时候，老大依旧可以素面朝天、面不改"色"，每天只花一分钟的时间涂点大宝在脸上就算大功告成。在老大眼里，化妆就是把自己的脸当成了一个调色盘，一看到那些瓶瓶罐罐摆满了半张桌子，老大就打起了退堂鼓，大家也很难想象出，老大端坐在镜子前，"当窗理云鬓，对镜贴花黄"的模样。

说到夏天，绝对是女生爱美的最佳季节，一条裙子、一双高跟鞋，再配上一个美美的妆容，就可以开开心心地go shopping了，然而老大对这些女生的必备物品基本上是拒绝的，一件衬衫，一条牛仔裤再搭一双运动鞋就构成了她的整个夏天。老大不喜欢穿裙子、不化妆，一切鞋跟高于三厘米的鞋子免谈，并且拒绝一切蕾丝边、一切粉红色，一切闪闪亮亮的饰品，室友们曾鼓励老大换个风格，结果生拉硬拽、连哄带骗把老大拉到商业街逛了一圈，老大一件都没买回来，反倒是陪逛的各位室友大包小包提回了一堆。

老大不仅在穿着上保持着"宁死不屈"的坚决态度，对待其他事情，老大也是相当有个性。

老大极其受不了文艺小清新，每每看到有人发诸如"晚是全世界的晚，安是你一个人的安"这样的说说时，总是要掉一地鸡皮疙瘩。记得某年年末，上映了一部周公子和二哥主演的《撒娇女人最好命》，大家在寝室捧着电脑看得着迷，当一句"怎么可以吃兔兔？兔兔那么可爱，你这样太残忍了，而且以前我养兔兔，我也属兔兔……"的台词从电脑里蹦出来时，老大差点没一口盐汽水喷死我们，之后这部电影就再也没敢在老大面前放过。

曾经参加一次社团举办的庆功宴，作为初来乍到的小学妹，大多数人选择的方式是老老实实聚在一起吃自己的饭，而老大不同，一连敬了十桌酒，外带推杯换盏不计其数，原以为这回老大要被人扛着回去了，结果老大千杯不倒，精神饱满，亮瞎了在座所有小伙伴的双眼。事后老大开玩笑说，她一喝酒手心就出汗，酒精都顺着汗毛孔蒸发到太平洋了。

后来的一件事，更让我们见识了老大"汉子"的本质。

大一刚开学不久，寝室四个人才搬到宿舍，不知道是不是靠近水房的缘故，一天，寝室的老四突然在墙角发现有老鼠，随着一声惨绝人寰的惊叫，老鼠已逃之夭夭。等大家冲进来时，只看见老四窝在床边瑟瑟发抖。

之后大家经历了史无前例的灭鼠运动。寝室四个人一起向宿管阿姨反映情况，但宿管阿姨要求自己解决，还是门房大爷热心，说把他的大花借给大家。看着那只躲在大爷脚边懒洋洋的大花猫，最后大家还是谢绝了大爷。

由于老大住的宿舍是二楼，找不到老鼠窝在哪儿，辅导员说不能用鼠药，怕老鼠死在不明的地方，腐烂了更糟糕。在那段闹鼠灾的日子里，寝室三个人几乎是夜不能寐，唯一一个睡得香甜的就是老大。恰巧赶上军训，本来就睡眠不足的几个人天天顶着两个黑眼圈就跑去集合，整天都是浑浑噩噩的。自从老四看到老鼠之后，大家就特意换了打扫用具，食物尽量不隔夜，再加上军训军官看得严，寝室连头发丝都未敢掉。

后来，还是老大有经验，买了质量好的老鼠胶，打开之前把它烤热，又用硬纸板固定翘起的两边，保证老鼠可以顺利地踩上去，又从对面超市买来了火腿肠，在老鼠胶上面撒一点，放在屋子的墙边、角落，老大说，因为老鼠都是沿着墙边走，特别是拐角处，所以这些地方是捕鼠的重点。果然，第二天老鼠就被抓住了。

当老大把老鼠清理出去时，寝室的其他人均退避三舍，只在远处观望，老四的胆子更小，连看也不敢看一眼。"一只老鼠也能把你们吓成这样？"老大无奈地瞪了大家一眼，把老鼠送给了门房大爷的大花。

老大在女生圈中像个爷们儿，对妹子都很客气，也很宽容，一直秉承着"绅士"风度，生活中大事小情都可以找她帮忙，但老大跟汉子们混得往往比女生更好。在老大的世界里，很难划分男同学、男闺蜜、男朋友之间的区别，貌似所有男人在老大的眼中都是"闺蜜"级人物，可以在午夜倾诉哪家馆子的烧烤好吃，打篮球缺人手时还可以找老大来凑数。也正因为如此，很多男生都通过老大向心仪的女生暗送秋波。

虽然老大常说"宁愿在男人堆里当个女汉子，也不愿意在女人堆里玩心机",但老大依旧有一颗少女心,在情人节来临之际,她也渴望能有个男生给她一个浪漫的惊喜,尽管她随时可能会被这种浪漫恶心到,但老大也会恶心并快乐着。

其实,生活中很多女汉子都是被"逼"出来的,因为没人疼爱,所以很多事情都要自己独当一面,久而久之就演变成了如今的"女汉子"。尽管越来越多的女生都以当"汉子"为荣,但在好想好想谈恋爱的年纪里,"女汉子"反倒成了极其尴尬的角色。真不知这"女汉子"是福还是祸?

东子说法

说女汉子前,我们先看看身边的伪男。

"现在的男人怎么了,一个个柔柔弱弱,怎么都没男人味?"这是一些女性的感慨。时下,确实有很多男性柔弱、软弱、脆弱,不自信、不勇敢、没担当……

"阴柔之气上升,阳刚之气下降"的社会大环境,使男人越来越奶油气,越来越女性化,而女人却越来越男性化。于是,女汉子、伪男大行其道。男性性格中固有的坚韧、大胆、果断、豪爽、大度等优良品质正在日益丧失,而中性女和伪男却越来越多。

某种程度上李××开了女孩男性化的先河,于是大街上招摇过市酷似男孩的女孩越来越多,就连一些自诩"女汉子"的中年妇女也都留起了干练的男性短发。与此同时,像郭××一样外在柔弱,举手投足间女性化十足的男性自然也多了起来……

女汉子，顾名思义，就是像男人的女人。她们不拘小节，性格直爽、心态乐观、不怕吃苦、内心强大，能独当一面扛起责任，男人能做的事情她们都擅长。像老大这样不爱撒娇，不喜欢化妆，与男生称兄道弟，电脑坏了自己换，老鼠来了自己打……是一枚标准的女汉子。

现在很多女大学生自诩"女汉子"，她们认为这样自己很光彩，说明自己很有本事。社会上这样的女人也越来越多。

"女汉子"走红，与社会、家庭的影响有很大关系，有社会竞争生存压力的动力塑造，更有着男性弱化的影响。有的女汉子明确提出"如果自己的老爷们有个爷们样，自己才不愿意逞强装愣呢"。这正说明了是弱男给女汉子的成长提供了发展空间。

东子通过对大学生进行的调查，得出这样的结论：女生在口才、辩才、文才和创新意识、创造力、想象力、自信心、交际能力、适应能力等方面普遍强于男生。与之相反的是，男生显得越来越奶油气，越来越脆弱，越来越女孩气。

现在我们正处在"中性化"的阶段。所谓中性化，就是男女没有社会性格差异，两性相互融合，一个人同时具有男女两性心理特点；在传统分工和角色扮演上，再也找不到典型的妻子与丈夫、母亲与父亲，一个人既是妻子又是丈夫，既是母亲又是父亲，甚至可以说既是男人又是女人。

男女唯一存在的差异是生理，由于生殖系统、肌肉组织、骨骼结构等方面的不同，男女在形体、生育、力量等方面仍然会显现出性别特征，最突出的一点就是，男性比女性外形高大，力气也会比女人大些。

无论老大多么汉子，她都有一颗女儿心，她同样渴望得到男人的呵护。所以，女汉子内心是矛盾的，也是痛苦的。今天"女汉子"的走红，绝不是社会意识兼容并包的体现，它是天性被扭曲之后的审美移情，无论从社会发展来看，还是从人性本身而言，都是一种悲哀。

天地相交而生万物，男女交合而生子女。阴阳燮理，女之阴柔、男之阳刚才是生物发展的基本属性。

孤独，是谁的狂欢

　　不知什么时候，曾听过这样一个愿望。她说她希望自己是个瞎子，这样就看不见别人也看不见自己，她就可以不必对视别人的眼睛，不必揣测别人的心思，她就可以不必为自己的言谈举止是否得体而担忧，也可以不必为自己的一言一行是否令当事者满意而伤神……

　　我愣愣地听完她这一番长篇大论，心里真的为她捏了一把汗。她和我年纪相仿、个性相似，只是比我这放荡不羁爱自由的秉性里多了几丝委婉，从一个局外人外加一瓶不满半瓶"咣当"的经验来看，这就是青春期小女生的多愁善感爆发了，只要过几年就能自动痊愈。不过想到这，我突然有种当头棒喝的感觉。人家如此信任我，我怎么可以对之如此嗤之以鼻呢？我为此感到深深的歉意。

　　之后那个女生依旧安安静静地生活着，对于这个愿望也闭口不谈了。我很荣幸地成了她第一个也是最后一个听众。如今除了摘下眼镜就重影一片模糊之外，她还算是个眼明心亮的人。奇怪的是我常看她不戴眼镜就大摇大摆地走过一个又一个岔路口，我刚想问她，你能看得清吗？恍然觉得这是个极愚蠢的问题，她早就回答过我——她想自己是个瞎子。我想对她而言这是最好的解释。

这个女孩今年大一，我很荣幸地成为了她的"嫡亲"学姐，毕竟是一个学院的，毕竟我年长一岁，毕竟我们很谈得来，毕竟我很享受被称作"学姐"的感觉……总之，各种各样的原因，使得我们成了无话不谈的好友。

学妹来自山东，说起来我们还是半个老乡。之所以是半个，因为学妹的出生地在江西，后来举家搬入山东，就在山东落了户。虽然学妹的小学、初中、高中都在这片齐鲁大地上度过，可惜天生表达能力欠缺的她连一句完整的山东话也说不出来，由于离开江西的时间太久，家乡话也忘得一干二净。这就使得学妹在老家问题上处于极其尴尬的境地。学妹告诉我，上了大学她最头疼的就是别人问她是哪里人，说江西吧，自己已没有多少印象，根本不像个江西人；说山东吧，又不像那么回事。最后学妹还是决定按身份证上的说，直接告诉大家"I'm from Shandong"。最起码要比吧啦吧啦说一遍自己的家庭迁移史要好得多。

或许是由于从小到大漂泊的时间太久，学妹的归属感一直很欠缺。最初的那几年，从江西搬到青岛，又从青岛搬到威海，虽然是一直在山东打转转，但生活的种种，总让学妹有一种"独在异乡为异客"的感觉。尤其是在青岛的那段时间，当时学妹的户口还没有落到山东，也不知国家那时出没出台禁止收取外地学生借读费的相关规定。每学期学校总是要求学妹等一批外来学生交齐一堆莫名其妙的证件，如果交不上或交不全，学校就要收取五百元的借读费。那时学校到底要求学妹交齐什么证件已经记不清，学妹只记得，每一次往老师手中交那五百元钱时，感觉自己与其他人差了一大截。

后来去了威海，总算摆脱了交借读费的阴影，但当地人浓重的山东口音，实在让学妹难以听懂。记得转校第一天，班主任对着学妹把一句话重复了五遍，学妹依旧是"丈二和尚摸不着头脑"，她看着班主任无奈的眼神，可以很清楚地听到周边同学在窃窃私笑。那段时间，学校就是她的噩梦。

外面的风浪太大，也许家才是每个游子心中避风的港湾，然而对于学妹来说并非如此。

在学《大学心理学基础》时，记得书中有一段论述家庭环境对孩子影响的文章，文中将父母对孩子的教育分为三类：溺爱型、严厉型、民主型。学妹回想自己的童年生活，简直是第二种形式的翻版。

那时的学妹还是一个骨瘦如柴的丫头片子，没有带上厚厚的眼镜片，也没有想起变成"瞎子"的愿望。那时的她还被爸妈关在家里复习功课，对着面目全非的教材，学妹几近崩溃。刚上这所学校之前，其实校长并不打算招学妹进来，因为学校学生已经超额，实在不想再塞进一个来。直到后来，校长问了学妹一个问题："你来学校是为了什么呀？""为了学习！"学妹几乎是不假思索地回答，也因此，学妹顺利进入了这所学校。后来学妹才吐露实情，"为了学习"不过是敷衍之词，要不怎么能让校长心花怒放呢。实际上，学妹早已被爸妈关到头上长了草，哪里还有学习的兴趣。不仅如此，像诸如翻看日记、干涉隐私这一类事情学妹已司空见惯，后来学妹干脆一把火把日记本烧个精光，"只有放在脑子里最安全"，学妹常这样说。

渐渐地，学妹习惯了一个人的生活，毕竟一个人，不必担心有人偷窥你的隐私，限制你的自由。而且一个人可以省去不少麻烦，你不用和其他人讨论中午去哪吃饭，也不用和其他人商量去看哪场电影，一个人，想怎样就怎样，哪怕临时变卦也不会有愧疚之心。

"一个人可以少些喧闹，一个人更有利于思考，一个人自有一个人的乐趣，一个人自有一个人的好处。以前的自己渴望融入群体，但后来发现，孤飞的大雁一样可以翱翔！离群索居又怎样？我可以不必再看你们的眼色，我可以无须顾虑你们的感受，我更自在，更逍遥！"对于学妹而言，孤独，是一种狂欢，是她的终极目标。我不得不为能成为她仅存的无话不谈的好友而暗自庆幸。

　　自古以来，人都是群居动物，从远古起，人就在一起打猎、御敌，而如今，我们一样也少不了至亲至爱。但由于各种各样的原因，我们愈发孤独，而我们也愈发享受这种独行的感受，我们真的不需要陪伴了吗？还是这只是标榜个性的一种手段？

　　孤独，成就了谁的狂欢？

──────── 东子说法

　　必须说明，孤独与独处不是一回事。孤独是一种心理状态，独处是一种处事风格。

　　孤独也罢，独处也好，都各有其利弊。当一个人孤独的时候，他的思想是自由的，但内心也是寂落甚至恐惧的。所以，孤独可以放飞梦想，孤独也可以致人死命。孤独者可以有大成，哲学家和思想家大部分都是孤独的，但相对于非孤独者，其自杀的概率要高无数倍。

　　从心理学的观点看，人之所以需要独处，是为了进行内在的整合。能从忙碌中解脱劳顿，能在静夜里独对心灵。人类的任何喧嚣过后，都需要通过独处、静思来回归自然。因为，每个人都具有自然性和社会性的双重属性。

　　孤独一般有两类，一类是高处不胜寒的知音难觅，另一类是闭门索居的孤僻者。前者是因为自己所处的环境、社会地位或思想都达到一定的高度，难遇同一高度的人，由此感到孤独。就像与毛泽东主席进行过多次辩驳的哲学家梁漱溟，对毛主席去世发出的感言一样："他的离去，我很孤独。"另一类是因性格原因而孤独，这些人一般性格内向，不善与人沟通，跟别人也没什么话题可谈，久而久之离群索居。学妹的孤独显然是后者。

　　作为具有社会属性的人类是群居动物，人与人之间需要交流、沟通、分享……其内心是惧怕孤独的。所以，没有人喜欢孤独。

　　学妹的孤独也是如此。

　　"狂欢"往往只是孤独者无法回归的一种自我欣赏，一种对现实社会的逃避。学妹说她希望自己是个瞎子，因为她不想看不愿看到的一切。其实，在这方面，东子也深有体验，面对社会中的各种丑恶现象，有时真想遮住自己的这双眼睛。无奈之下，就需要我们做好平衡，吸纳有营养、正能量的信息，剔除糟粕，保持清丽高洁。

　　学妹的孤独原因是多方面的：首先是性格因素；其次是生活环境的不断变化，而自己又没能很好地适应；还有，因为自己不是足够出众，而心生自卑。

　　孤独，是一种无奈的狂欢，但不该是孤独者的终极目标。所以，东子还是希望学妹能敞开心扉，建立友谊，走出孤独。当然，不要丢掉适当的独处，给自己的心灵一个静和的空间……

我的傲娇你不懂

世界上有这样一种人，介于女王与萝莉之间，心高气傲又不失活泼，咄咄逼人但偶尔也会让步妥协。她们骄傲，她们洒脱，她们在自己的世界里据理力争，也同外面的世界寸步不让，这种人称自己——傲娇。

尽管这样的人没女王那样强势，也没萝莉那样娇气，但我不得不说，遇到这样一个朋友也是很让人头疼的。

潇潇是我高中时的同桌。那年我暗恋一个男生，而偏偏潇潇和他从小就在一起长大，两个人相当熟悉，所以潇潇理所当然地成为了我的"战略发展目标"。只可惜，那时的我心高气傲，保持着矜持的态度，直到高中毕业，也没有松口表白，但我和潇潇却成了无话不谈的好友。

高中的时候，除了每天做不完的考试题，写不完的模拟卷，印象最深的莫过于我和潇潇坐在同一张课桌上，揪着一道文综题争得"你死我活"。那年的山东还在自主出题，我们很有幸地踩在了高考改革的尾巴上。那时的文综卷，最妖孽的莫过于历史，ABCD四个答案，总有一个适合你，但一个个看着都是那么似曾相识，又是那么难辨真伪，动不动就需要我们旁征博引。但对于我和潇潇这种"历史的狂热分子"来说，做文综历史卷就是体现自我价值的时刻，恨不得满张试卷都写满了历史才好，也因此，当我们遇到某道题意见相左时，总是要据理力争一番。而往往在潇潇的伶牙俐齿下，我很容易就成了"煮饺子的茶壶"，于是面对这种"公说公有理，婆说婆有理"的情况，我一般都向老师求援，还我一个"公道"。但就在老师公布正确答案之后，潇潇依旧难以服气。于是，潇潇与我之间的辩论转移到了老师身上。那一年，每次上历史课，潇潇与我们亲爱的历史老师之间的"唇枪舌剑"都是班级一景。

不仅仅是在学习上，面对任何事情，潇潇都有一套自己的人生信条，而且就如中国的南海和钓鱼岛，都是"神圣而不可侵犯"的。

上了大学的潇潇去了上海，执意报了心理学，后来发现心理学偏向理科，但已追悔莫及。当录取通知书下来那天我还跟她开玩笑，以后心理有问题就找她了。

在大学，感触最深的就是恋爱季里形单影只的感觉，所以一般夜幕一落，我就窝在图书馆或是寝室，与那些手牵手压马路的情侣隔离。偶尔想到潇潇，不由好奇什么样的男生才能hold得住她。

大二那年，我的疑问终于得到了解答。

潇潇恋爱了，在朋友圈里发了一张与她男朋友在方塔园的照片。照片里，两个人的背影在望仙桥的映衬下还颇有些"犹抱琵琶半遮面"的感觉。潇潇的男友与她同届，但不在一个学校，据说他们是在一次志愿者活动中认识的，也不知这哥们使用了什么"手段"，俘获了潇潇那颗傲娇的心。因为两个人的学校离得不算太近，平时难得见一面，只有等没课的时候两个人才能相约着出去吃个饭、散散心，想来也是十分"艰辛"。

看得出来，潇潇很在意她的男友，否则凭潇潇那样傲娇的小个性也不会将这段恋爱公之于众，或者说，那位男友也根本入不了潇潇的法眼。

曾有一次和潇潇在网上聊天，无意间提到了潇潇的"心上人"，作为高中时的同桌外加考试时的"战友"，我自然要送上一份祝福。然而，潇潇却吐了吐舌头，她说，这场爱情差点半路夭折。

一次，潇潇突发奇想，一个人坐地铁去了男友学校，打算给男友一个惊喜。但不巧的是，男友正在上课，本来偌大的一间公共教室，多潇潇一个也不多，但男友偏偏让她出去等。

潇潇看了看意志坚决的男友，冲他诡秘地笑了笑，随后头也不回地走出了大门。抄了条少有人迹的小路走出了学校。就在潇潇刚刚走到地铁站时，看见了男友发来的信息。原来男友见她离开时表情不太对劲，便沿着潇潇平时走的路线去追她，没想到一口气跑到门口也不见踪影。潇潇说："这是对他的惩罚，如果当时他不追出来，那么他以后也没资格追了。"我不由在心里替那位仁兄捏了一把汗！

潇潇傲娇是有资本的。就像当年高中时她与历史老师据理力争，若不是博览群书、博闻强记，又何来的辩口利辞、口若悬河呢？而对于潇潇的爱情也是同理，"'天涯何处无芳草'，我又不是嫁不出去，凭什么在他一棵树上吊死，若他不是我的良人，我也无须挂念。再者说，就算我嫁不出去又如何？难道我一个人就不能活了吗？"面对潇潇的傲娇，我已无言以对。只可惜，我尚未修炼到她那般洒脱的境界。

傲娇不是谁都有资本的，搞不好反而是东施效颦、弄巧成拙。脱去一身稚气，当我们来到社会时，又会有多少人会买我们的账呢？记得曾听有人说过，心高气傲易吃亏，不知潇潇算不算？

对于我们而言，傲娇是个引人注目的字眼，它代表了潇洒、个性、聪颖等等一切我们追求的品质，做一个傲娇的女子是我们一直以来的愿望，但傲娇是不是也该有个度？我们怎样做才能稳定它两边的杠杆，保持住傲娇的天秤？

✊ 东子说法

"傲娇"与"骄傲"不是简单的字序颠倒，他们之间是有很多区别的。其一，"年岁"不同，"骄傲"几乎是与汉语同时出生的，而"傲娇"则是这几年网络大潮催生出的现代新兴词汇；其二，词意相差甚远。

傲娇是指傲横和娇蛮，平常说话带刺、态度高傲，但在一定的条件下又有些娇媚。它是近年出现的网络词汇，与"小萝莉"、"卡哇伊"及"么么哒"、"美美哒"、"萌萌哒"等"哒"字系列词汇出现的时间差不多，均为萌属性的一种网络词语。

骄傲，是一种内在的情绪状态。一般而言，分为两类：作为负面的意思，是指一种对于个人的地位或成就的自我膨胀与炫耀；作为正面的意思，是一种对于达成目标，或是对于某个选择感到自信不悔。

傲娇虽然有骄傲的内在成分，但傲娇重点是"娇"，而骄傲重点是"傲"。这也是二者的一个根本差别，所以傲娇一般形容年轻的女性，是一种有些本事、较为自信，又有点娇羞、娇蛮的人；骄傲虽然不是男性的专属用词，但它不仅限于女性，更没有年龄界限。

是的。傲娇是要有资本的，不是每个女孩都可以傲娇的。

生活中，东子也结识几位有点小傲娇的大学生。她们或这方面或那方面，总是有些优长，而且性格也都较为开朗。所以，即便偶有傲蛮，但仍有很多人喜欢和她们交往。

其实，无论傲娇与否，人与人的交往都要有礼有矩。就说潇潇坐地铁去看男友这事吧，男友让她出去等是十分失礼的做法。想想人家女孩家大老远来了，你给了个闭门羹，那怎成啊。即便不是出于怜香惜玉，也应以礼待之。这样的大课我了解，其实完全可以让其进去边听边等。

遇到这样不解风情、不知道体谅对方的男友，潇潇的离去也属人之常情。当然，如果潇潇大度些，不这样感情用事，在外面等会儿倒也无妨。可她毕竟是一个傲娇的女孩，岂能受此冷落。所以愤而离去，幸好男友追击而来，不然后面的"戏"就不好看了。

无论是恋爱还是一般的人与人之间的交往，一定要记住"退一步海阔天空"。根据东子多年从事心理咨询掌握的案例，很多夫妻离婚或恋人分手，最初都不是因为什么大事，而是一些鸡毛蒜皮的小事，彼此互不相让，最后战火漫燃，导致两败俱伤。

傲娇女孩避免东施效颦、弄巧成拙最好的办法，就是要把握一个度，也就是要拿捏得准。这也恰恰是很多人为之而愁的事情。那么，又该怎样把握这个度呢？

东子认为：一要大度，二要大爱，三要大气。大度而少计较，大爱赢他人，大气众人喜。如此，才能成为受更多人喜欢的傲娇女。

其实我不想自卑

　　当思思走进选拔现场时，时间已经过去了一个半小时，"还好没结束。"思思长吐一口气，胆怯地瞅了一眼守在门口的学长大人，那位学长面无表情地冲思思摆了摆手，示意她进来，之后，又继续全神贯注地看着台上的选手表演。

　　这是学校元旦晚会的选拔现场。今年学校领导不知为何，突然说新年新气象，要大家力求创新，为了有一个良好的开端，于是元旦晚会就成了"创新"的第一道试验品。以往的晚会，舞蹈找舞蹈系，演唱找音乐系，主持找播音系，再借一个场地、几台机器，筹划排练几个月，虽然累，但也算有条不紊地进行。而如今，领导们坐在办公室说一句"创新"，可愁坏了下面的一众人等。后来有人提议，不如办个选拔比赛，无论是演员还是主持，只要有才艺的都可以报名，这样不但提高了晚会的参与性，还体现了此次晚会的与众不同。而思思，就是在这样一个大势所趋的环境下把自己的名字报了上去。

　　说起思思的报名经历，也并非出于她的本意。尽管在思思的内心也有一团躁动的小火苗，渴望在众人面前展示自己，但人海茫茫，比自己有能力、有天赋的人多了去了，机会怎么可能就这样轻而易举地落到自己身上？要不是思思的闺蜜把她拉到报名现场，估计此时还躲在寝室里"大门不出，二门不迈"，过着"聊天、读书、追网剧"三选一的生活。

思思从门口走了进来，蹑手蹑脚地一路小跑来到最后一排，找了一个角落坐下。台上的表演还在继续，是两位学戏文的同学，在表演相声。其中一段有关数字接龙的段子引爆了在座所有人的笑点。在欢笑之余，思思不由想起小时候学数学的"惨痛"经历。

那年的思思还是个黄毛丫头，顶着一个马尾辫，跑步时，逆着阳光，总会借着自己的影子看见辫子在脑后一甩一甩，心想还真像个马尾巴。在SARS的脚步尚未临近时，思思早早地转进了一所学校。想当年，思思也算是一个品学兼优的尖子生，凭着优异的成绩转进来，老师对她的期待值还是很高的。

进入学校的第一周，思思很清楚地记得，一天清晨，第一节课是班主任的数学课。那位青春靓丽的女老师刚开始上课就把思思叫了起来，她大脑一片空白，明明驾轻就熟的问题，结果答得一塌糊涂。看着班主任大失所望的眼神，思思两条腿还在发抖，耳边传来老师无奈的声音："以为来了个小天才，实际上是个大冬瓜……"那一刻，思思感觉自己的胸口仿佛被狠狠地捶了一拳，脸霎时红了起来，自此以后，只要一上数学课，她就两腿发软，心跳加速，但凡班主任点她的名字，就感觉犹如临刑前，审判长宣读死亡名单，而不幸的是，偏偏念到了自己。如今想来，多亏了自己当年心脏强悍，否则，不知要在数学课上挂了多少回。

选拔还在进行，转眼间已到了挑选主持人的环节。清一色的俊男靓女依次上台，一张口就知道是科班出身，尽管偶尔也掺杂着几个非专业选手，也不过是万紫千红中的一抹新绿，点缀而已。此时思思的心脏已跳到了嗓子眼，仿佛随时都可以蹦出来。"马上就轮到自己了，我真的可以吗？"思思反复问自己。不知道评委是不是也会审美疲劳，到了最后，干脆让所有选手一起上台，每个人随便说几句话，就算审核完毕。看着周围的同学陆续站了起来，思思反而如被钉在了椅子上动弹不得。

"思思，你不是也报名主持了吗？"有同学在一旁提醒。

思思如梦初醒般"哦"了一声，当最后一位选手站在了台前，思思灰溜溜地从后门跑了出去……

没过多久，思思接到了闺蜜的电话，手机里传来闺蜜恨铁不成钢的声音："思思，你怎么没去参加比赛呀？我就去上了节课，你就给我打退堂鼓呀，你真是要气死哀家了！"这头的思思只能说着抱歉。

大连的冬季，风大得让人连头都想缩进衣服里，学校道旁的黄杨、龙柏被围上了防风障，几个负责绿化的师傅正忙着给樱花树涂白。回去的路上，思思心里五味杂陈，像今天这样的事情不止发生了一次。

九月份刚来到学校，院里举办演讲比赛，班长都已把思思的名字填了上去，最后她还是找了个借口给推了。此外，还有征文大赛、社团面试以及学院举办的各类活动，无数的机会都在思思的退缩中一一溜走。转眼间半年过去了，别的同学都活跃在各个领域，而思思却只有远远观望，默默羡慕的份。

"真的好羡慕那些活泼开朗、多才多艺的人呀，你们是那样自信，仿佛世界上没有你们解决不了的问题，没有迈不过去的难关。你们都那么优秀，像天空里那颗璀璨的星星，有人追逐着你，有人仰望着你，而我却像校园里怕风的植物，草帘一搭，就分不出它们姓甚名谁了。"

　　自卑，仿佛是思思永远摆脱不掉的阴影，从班主任叫她"大冬瓜"时开始，从思思推辞掉演讲比赛时开始，从她刚刚从选拔现场的后门跑出来时开始，自卑就已经刻在她的生命里了。这世界上有谁甘愿一辈子顶着一顶"自卑"的帽子呢？但这就像酒鬼戒不了酒，烟鬼戒不了烟一样，思思也没办法把自卑从自己的生活里割开。

　　"多想过一天自信满满的生活呀。"思思这样想着……

━━━━━━━━━━━━● 东子说法

　　自卑，在心理学上指由于与合理规定标准或其他刺激物比较有差距，而产生了评价差异，进而导致的主观低落、悲伤等负面心理状态。通俗地讲就是以己之短比他人之长，感觉自己一无所长的一种悲观心理。

　　与自卑相关的还有两个心理学名词——自负和自信。自负与其恰恰相反，是以己之长比他人之短，感觉自己特了不起的一种高傲心理。夹在自卑和自负中间的就是自信，它是一种既不悲观，也不高傲的，能够正视自己优缺点的一种心理状态。

　　自卑是一种性格缺陷，人的自卑性格形成往往源于儿童时代。家长或老师对孩子（学生）的否定，使他们感到自己一无是处，学不好、做不好。特别是在大庭广众之下当面数落孩子（学生）的缺点，自卑便会产生，由此丧失了学习的信心，认为自己不是"这块料"，甚至"破罐子破摔"。

　　思思的自卑心理就是如此。在她转进了那所学校，数学老师的挖苦"以为来了个小天才，实际上是个大冬瓜……"给她幼小的心灵带来无情的打击。由此，认为自己不行，甚至产生紧张、恐惧心理。

　　在这方面，东子有和思思类似的经历。

　　在我读小学四年级时，一次音乐课上，老师教大家学了一首新歌，并要求每个人都要当众唱一遍这首歌。我虽然喜欢歌可很少唱歌，所以有些紧张，刚唱了两句——

　　"停停停！别唱了！"老师连连喊着停，我立即收声。"你这是唱歌吗？简直就是驴叫，太难听了！以后别再唱了，你不是那块料！"老师的话掷地有声。

　　我从此就真的再也不敢唱歌了，生怕别人笑话自己是"驴叫"，这一噤声就是30多年。每当和朋友聚会，大家唱卡拉OK，我却一声不敢哼哼，人家邀请我唱，我总是推托："唉，我五音不全，不会唱歌，唱歌难听，还是你们唱吧。"

　　其实，我真的是声音难听吗？这么多年，无论是做报告还是给学生上课，抑或到电台做节目，听众都一致反映："你的声音很有磁性。"偶尔来了兴致，朗诵一首毛泽东诗词，大家在报以掌声的同时，都说："东子老师，你的腔音真好。"如此说来，我先天音质不错，具备唱好歌的生理基础，可是这么多年就是不敢唱歌，认定了自己不是那块料。当年老师粗暴的喊停，扼杀了我对唱歌的信心，也剥夺了我享受歌唱的快乐。

　　小学音乐老师的一句挖苦，打击了我弱小的脆弱的心灵，以致中国歌坛少了一位实力派歌手。这么说虽有些玩笑，但如果那位老师不是挖苦，而是找出不足后的肯定，也许我真的能成为歌唱家呢。即便如此，我也没有自暴自弃，而是选择其他适合自我成长的道路。

其实，思思的自卑或许在班主任叫她"大冬瓜"之前就有了，只是这次加重了这种心理。以至于上大学后，院里举办演讲比赛、征文大赛、社团面试，直至这次选拔主持人都打退堂鼓……

思思的不断退缩都是自卑、胆怯心理在作祟。自卑是一种精神摧残剂，是成长路上的绊脚石，它严重地压抑人的聪明才智和创造力，所以我们要冲破自卑的束缚。

首先，我们应客观地看待人和事，人无完人，同样的道理，也没有一无是处的人；其次，换个角度看自己，你就会发现自己有许多被忽略的优长之处；再次，引爆自己的优长，增添自己的自信心。

无论是自卑，还是自信，都源于心理暗示，不同的是自卑源于消极的心理暗示，自信源于积极的心理暗示。消极暗示传递的是负信息，积极暗示给我们带来的是正信息。积极的心态面对事物，即便失败了也会坦然对待。因为他知道：失败一次，不等于永远失败。

在人生路上，打败你的不是他人，而是你自己。一个自卑者注定失败，做一个自信的人，总会摘得成功的果实，只是时间早晚的问题。

心若在，梦就在，只不过从头再来……

空虚的心灵用什么填充

大学生吐槽

　　大娟出生在一个普通的工人家庭，从小就无时无刻不感受着家境的贫穷。两岁时母亲患上了很难治愈的慢性病，不但病休在家无法正常上班，而且常年离不开药物，因此整个家就靠父亲一个人撑着。在清贫的环境中日渐长大的她，一直很努力地学习，从小学到中学，一直都是班上乃至整个年级的佼佼者。而且很小她就懂得照顾妈妈，帮爸爸做家务活。因此，从小到大，大娟是邻里亲友公认的好姑娘：孝顺、勤勉、文静、懂事乃至漂亮……这些让人听起来赏心悦耳的褒义词都曾被大家用在大娟的身上。

　　可是没有人知道，表面上顺从一切的大娟，其实在内心深处，一直有一颗不安分的种子在滋生。在温顺的外表下，掩盖着她对现状极其不满、充满叛逆的心。自懂事那天起，大娟就强烈不服上天安排给自己的清贫的家境，也就是说她从没有喜欢过这个生养她的家。大娟骨子里向往富贵和荣华，向往有一个能够给她这种感觉的家。大娟知道这种想法是虚浮的，自己是虚荣的，这些想法让父母知道会很伤心，但是大娟阻止不了自己。她之所以一直都在努力学习，不是因为懂事或者好学，而是因为唯有好的学习成绩才能够让自己有一点荣耀的资本，让虚荣的心得到一点安慰。

　　升初中后，因为到了一个完全陌生的学校，大娟开始伪造自己的生活。她从不愿意让别人了解自己的家庭，每当有人问起，大娟就会说着自己编造的谎言，虚化出一个和现在完全不同的家庭境况。比如父亲是大老板，经营着规模很大、在全国各地都有连锁店的公司；大娟家的房子很豪华，有许多房间，其中有专用的书房和健身房……最初，她曾为自己的谎言不安过，可是想想又有什么呢，一个谎言而已。然而，大娟不知道有了一个谎言，往往需要一个更大的谎言来弥补前一个，因此她不得不不停地编织着各种谎言。直至上大学后，她已经完全生活在自己编织的谎言中了，有时候连她自己都会隐约觉得那些不可能存在的东西是真的，她终日活在一个虚幻的世界里。

　　但这样做，并不能给大娟带来快乐，反而感觉内心愈发空虚。

　　去年，大娟以优异的成绩考入了大学，离那个无法给予她所追求一切的家又远了许多，她也在虚荣中越发迷失自己。大学里打扮得花枝招展的女生大大激发了她的虚荣心。因此，大娟特别希望自己有一天能特别有钱，可以为所欲为地买许多自己喜欢的衣服。在这种心理支配下，大一上学期，出于对大娟的信任，父母把她整个学期的费用一次性全给了她，嘱咐大娟存进学校的银行。可这满足了大娟强烈的购物欲望，那种随心所欲花钱的感觉真好。

　　箱子里的衣服越来越多，每天变着花样打扮自己，大娟自觉高贵了许多。可是，口袋里的钱越来越少，很快就被花光了。当大娟不得不面对下顿饭吃什么的窘困境况时，大娟终于从"富贵的幻觉"跌进了为面包发愁的现实中。因为从小家教很严，大娟不敢将"财政"出现"赤字"的消息告诉父母，只能到处借钱维持生活，还要编造各种谎言来掩盖自己的窘境。

苦恼重重笼罩着大娟的心，可金钱犹如毒品般给她的心理带来强烈的、醉人的刺激，使大娟痛并快乐着，欲罢不能。因此尽管不断地靠借钱糊口，大娟还是从借来的钱里拿出大部分买各种时装和饰物。记得那次好不容易找借口从外系一个老乡那里借了300元钱，原计划做大娟一个星期的生活费。可是当天和同宿舍的女生出去逛商场，看着那些琳琅满目的服装，大娟的心里就像有一只小猫在抓挠。终于在一个女生买下一条裙子后，大娟也将早在手里拽出汗的300元钱换成了一条时下非常流行的八分裤。

类似这样的情形屡屡发生。每次买衣服时，大娟都非常兴奋，可回到宿舍摸摸所剩无几的钞票，大娟又懊悔不已。不过，穿上新买的衣服，体味周围投来的艳羡的目光，感觉那种服装映衬下的高雅，所有的懊悔都会在瞬间消逝。

就这样，失落和满足两种极端的情绪交替占据着大娟的心，在极力逃避失落而追求满足的心理作用下，借钱满足虚荣的行为一直在持续着。一学期下来，大娟的外债已经超千元了，可她没有能力改变现状，大娟陷入了虚荣的漩涡中不能自拔，并为此付出了沉重的代价。

她也曾试着出去找工作，希望靠兼职挣钱来填补亏空。可是，虚荣的大娟不轻易去做那些听起来有失体面的工作，而真正轻松、体面的工作又到哪里去找呢？折腾了几次后，最终都不了了之，于是索性彻底放弃了兼职的想法。

由于大娟的伪装，在班里所有人都知道她出生在富贵的家庭，是一个出手阔绰、花钱如流水的公主。可是，谁能知道每天她都在为那可恨的钱发愁！

而她最大的苦恼还并不是口袋里总也没有足够的钱，而是那种现实和幻觉间强烈的反差，给她的心灵带来的巨大的折磨和失落。大娟越来越觉得自己活得很累，内心在疲惫地挣扎着，现实和幻觉之间的矛盾在激烈地冲撞着。可是因为大娟从小就很会伪装自己，所以表面上她始终在维持着乖乖女的形象。在所有的人眼里，大娟与那些追逐时尚、浓妆艳抹的女孩是截然不同的。

大娟厌倦了眼前的一切，她想轻松地生活，而内心充满矛盾和压抑的空虚感使她每天都生活在困顿中，觉得自己快崩溃了！

━━━━━━━━ 🖊 东子说法

这是一位因虚荣而靠谎言来填充空虚心灵的女大学生。

虚荣心是人类的一种心理状态，是一种扭曲的自尊心，它是自尊心的过分表现，也是一种性格缺陷。俗话说"男人爱面子，女人爱虚荣"。这是有一定道理的，所以说爱慕虚荣的女性较多。其实，虚荣心也有其有利的一面，就像嫉妒心一样，如果适度把握，把其化为动力，去赶超他人，那么虚荣心就可促使人积极进取。

凡事都有个度，像大娟这样所表现出的虚荣心则未免过极。物极必反，过极的虚荣只会增加你对现实的不满，增加你因得不到虚荣中渴慕的东西而滋生的痛苦。而这极易形成一种恶性循环，为了虚荣而说谎、而不顾现实条件去追寻一些满足虚荣的东西，面对现实时则会因与渴慕的境况反差太大而感觉痛苦；为了摆脱痛苦只有进一步说谎、进一步满足虚荣，在虚幻中忘却现实中的不如意，事实上这又只会让自己更痛苦……

通过前面的叙述，我们可以看出，贫穷使大娟自卑，面对清贫的家境，从她懂事那天起就为此自卑。因为自卑于贫穷，所以一直努力学习，希望用优异的学习成绩弥补自卑感。而同时，大娟又不停地用谎言来掩饰着贫穷，用无节制地花钱来制造着富有的神话。所以与其说大娟是虚荣的，不如说她是用谎言来增添自信，用谎言来填充自己空虚的心灵。

大娟的这种心理表现说明一个问题，那就是她的人生观、价值观存在严重的偏颇。一个人是否高贵、是否受人尊崇，并不在于他是否有钱，是否出生在富贵的家庭，而在于他是否有价值、有能力、有被人欣赏的资本。试想，一个人有父母挣下的万贯家业，有祖上拼来的显赫家世，可自己一无是处，对社会对他人没有丝毫价值，他的存在只是消耗、享受父母和祖上辛勤积攒下的物质和精神上的财富，人们对这样的人能投以尊崇和敬重的眼光吗？他得到的更多的只能是鄙夷，是一句"寄生虫"的评定。而事实上，那些出身贫寒但通过自己的努力而事业有成的人，才更值得人们敬佩；那些从不因为自己出身卑微，直面现实的人才是真正的勇敢、自信和有魅力。

在这方面我有切身的感受。我出生在普通的农民家庭，父母都是农民；兄弟7个，只能维持温饱；自己只读了6年书，做过各种苦力……而当有人问起我的家庭情况，我从不隐瞒这些。而且当我站在台上、坐在演播室里或直播间里，面对数以万计的读者、听众、观众或我的学生时，我也坦然面对现实。

贫穷不是错，更不是丑陋的事情，没有必要因此自卑，更没有必要掩饰这一切。同时，大娟还应该明白一点：一个人真正的富有不在物质、金钱上拥有多少，而在于拥有知识的多少、能力的高低、发挥价值的大小，这些财富才是恒久的、有生命力的、真正属于你的。尤其对于一个女孩子来说，真正的魅力，高贵也好荣华也罢，并不是通过外在服饰来表现，而是通过内在的修为来展示。

作为新时代的大学生，我认为第一魅力是拥有良好的品行，然后是专业知识和相关能力。这些不是靠外在虚化的东西支撑、装饰出来的，而是要靠实实在在的努力获得的。所以现在的大娟当尽快从追逐虚华中挣脱出来，转到对知识和能力的追求上来。

要摆脱虚荣心的控制，首先要充分认识到任这种心理一味发展下去给自己带来的危害；其次，要彻底纠正自己不正确的人生观和价值观，改变对美貌、物质财富的认识；再次，调整自己的生活状态，培养一些积极的生活情趣，多读一些积极向上的书刊。

当然，作为年轻人，追求时尚没啥不好。但一定要在追求时尚中把握好自我，做一个既引领潮流不失个性，同时又有学识的新一代大学生。

空虚的心灵不是用谎言来填充的，而应用知识和技能来盈满，这样你才能生活充实，心灵溢福。

别和自己过不去

"呻吟"的"文艺小清新"

"有多少人抵挡得住岁月的长情，在一点一滴的时光里，轮回了几度春秋……"当我再一次刷新朋友圈时，朋友A的动态又一次蹦到了第一个。

已不知这是她今天第几次发这样"感时花溅泪，恨别鸟惊心"的说说了。几句纯情的文字再配上一幅唯美的图片是她惯用的风格。当初之所以加她好友，也是因为受她那些文字的感染，飘逸、淡雅，又透着几许淡淡的忧伤。她常说，不同的人，有不同的样子，而这就是她的样子——文艺小清新。

朋友A是我初中时的同学，其实，连很多高中时的好友都已经不再联系了，更不要说初中这种一回想都是梦的时光，而我偏偏又有清好友的习惯，对于那种本来就不熟，几百年又没联系的人，我一般都会选择过一段时间清掉，而朋友A，除了平时互相点个赞以外，几乎没有什么交集，就连拜年信息都是群发，之所以迟迟不忍心把她删掉，也是源于她唯美、清新、文艺的小风格。

朋友A最初给我的感觉就是一个不喜欢说话的小姑娘，在那个女生比男生都要凶悍的初中时代，朋友A算是女生中贤良淑德的典范，后来马化腾掀起一股QQ热，我们便组了一个班级群，天天在群里胡吹猛侃，之后张小龙的微信又浮出水面，这时，我才真正和朋友A有了联系。此时的朋友A去了西安，在那个传承了中华几千年文明的古城里，成为了一个名副其实的"小清新"，看签名都看得出——"愿岁月静好，现世安稳。"和谐而又美好的心灵，活脱脱的圣母玛利亚。

　　朋友偶尔也会转一些优美的散文，大多阐述人生哲理、讲述心灵鸡汤，但A最喜欢的，莫过于发一些自己的创作。一篇文章，几段文字，尽管有的时候，我并不能完全理解文章的内容，但鉴于那些文章写得真的是很美很美，所以还是忍不住要点个赞。就连晚上读一本书，也要极其文艺地说上一句："我开始爱上那些大段大段的文字，填满了夜晚和心脏。"每当读到她的这些文字，都会让我联想到法国历史上曾流行一时的"沙龙体"："请满足这把椅子拥抱你的愿望吧。"其实这只是将"请坐"来了一场华丽的变身。

　　"看天空里浮云悠游，羡煞了我的不自由……"或许每个"文艺小清新"都有一段割不断的音乐情结吧，朋友A也不例外。据她说，她喜欢苏打绿，喜欢苏打绿的每一位成员，喜欢他们唱歌时微闭的眼睛和微笑的脸，喜欢他们说《小宇宙》这张专辑是希望所有人都可以有自己的空间，可以不受伤害，喜欢他们冲破身边重重防线，追寻自由的脚步……总之，如果让朋友A说喜欢苏打绿的原因，估计她说上三天三夜也说不完。

　　虽然"小清新"以女生为主，或者说女生是"文艺小清新"的最早主体，但如今男同胞们也有后来居上的势头，现在的"小清新"已经从最原始的女生范畴扩展到了男生，小清新不再是女孩儿们的专利，男生一样也可以很文艺。

　　就如我所认识的一位学长，个子不高，说起话来总是轻声细语，给人以暖暖的感觉。爱摄影、爱阅读、爱音乐、爱写作，可以架起相机游历五湖四海，去每一个想去的地方，也可以坐在窗前提笔抒情……常常可以在他的空间看到各类风景名胜的照片，或是发表几篇清新淡雅的小文章。尽管在生活中也会遇到一些阻力，但依旧在追寻着自己的梦想，用一句比较文艺的话来说，叫作"不违己愿，不斥己心"。

不止朋友A和学长，我身边也不乏一些这样的同学，甚至连我自己也不免俗套。如今的"小清新"已经成为一个群体，有着非常相似的爱好。我们喜欢在夏日的午后品一杯卡布奇诺，借着阳光读上一下午的书，听一段轻松优雅的音乐，或是看一场永不散场的电影。偶有独居，享受一段孤独的狂欢；向往自由，最好来一场说走就走的旅行。尽管我们尚未脱离尘世的喧嚣，但我们努力地保持着自己身上仅存的一点个性。最起码小清新的心态是积极向上的，不压抑、不消沉，不冷漠、不颓废，他们在享受着当下的一点一滴，珍惜现在还能发点小矫情的机会。有时候，看一本书或是电影，或许并不能完全领会其精华，但那一刻真的被感动了，我们就会认为不虚此行。

但渐渐地，我不禁反思，"文艺小清新"是不是离这个世界太遥远了，我们一直飘浮在空中，想着背起吉他就能"仗剑走天涯"。我们向往纯朴简单的情调，却不得不考虑物质生活的需求。但我们又有多少钱财可供自己消遣呢？我们又有多少本事可供养自己的生活呢？因为没有金钱，我们有多少人不能看演唱会，不能去旅行，或许连一场电影都看不起。看如今的"小清新"们大多聚集于校园，而脱离这个象牙塔，走入社会，当我们被社会摧残打磨得只剩下一副躯壳时，又有多少人还记得，自己曾经也是一个笔下写着"醉笑陪君三万场，不诉离殇"的优雅青年？

常听很多人，比如像大爷大妈们那样年纪的人说，"文艺小清新"是吃饱了撑的。他们自命清高，他们疾世愤俗，他们自以为是，他们无病呻吟。但"小清新"反驳，我们只是想在这个物欲横流、浮躁喧嚣的大千世界里找寻一处真正属于自我的栖息之所，远离尔虞我诈，远离残忍与欺骗……

"文艺小清新"，一个以优雅、洒脱、自然、纯美等特点而存在着的一个群体，被少男少女们追捧向往，被大爷大妈们嗤之以鼻。时至今日，连我自己也弄不明白，"文艺小清新"是对是错？

🌱 东子说法

"小清新"最初指的是一种以清新唯美、创作风格随意见长的音乐类型，之后逐渐扩散到文学、电影、摄影等各种文化、艺术领域。"小清新"不仅仅是一种爱好，更是一种理想的生活方式，他们秉承淡雅、自然、朴实、超脱、静谧的特点而存在。

我发现有些人常把"小清新"与"小资"和"文艺青年"混为一谈。

相比较而言，"小资"出现的时间要早些，而后是"文艺青年"，"小清新""出生"较晚。他们中除却"小资"外，都有一个共性，那就是特指年轻人。

其实，"小清新"就是"文艺青年"的翻版，也是其另一个身份的标识。就如前些年"噌噌"地冒出些贴着"文艺青年"标签的大学生一样，如今大学校园像朋友A和学长这样的"文艺小清新"日渐增多，特别是一些文科院校和综合性大学。说白了，也只是换了一个标签而已，所以今天的"小清新"就是昨天的"文艺青年"。不同的是，

"小清新"更具时代感了。

如今，"小清新"渐渐成为了青春与活力的代名词。不管大爷、大妈怎么看，在东子看来，只要把握好度，"小清新"还是挺招人喜欢的。"小清新"也是一种心理品质，一种高雅的生活情调。所以，它没有对错之分，只是喜欢不喜欢。

另外，我感到很多大学生对此产生了误解，认为"小清新"要有很多物质付出，是贵族消费，这种想法是不正确的。我们不否认"小清新"的活动需要一定的经济付出，但并不是付出得越多就越"清新"，它讲究的是一种情调、一种创意，是一种精神品质。它拒绝庸俗，张扬个性，是一种率性而为的时尚。

东子虽为中年，但却很崇尚这种清新之美，作为曾经的"文艺青年"，骨子里依然流淌"文艺小清新"的血液。

像溪流入海一样，生命价值在于不停地奔涌……

作为弄潮儿的新时代大学生，要引领时代潮流，就必须保持清活般的狂野。借用笛卡尔的"我思故我在"，"小清新"当为"乐而溢吾派"。

害人的"洗脑术"

　　再次来到新华书店，浏览摆在热销榜的图书，"洗脑"系列依旧名列其中，像各种各样的读心术、职场手册、厚黑学等等，包装精良，题目打眼，周围总是围了一群读者，这不由让我想起了一位同学，一位对"洗脑术"十分痴迷的骨灰级粉丝。

　　第一次见到李三金是在刚开学，那时我们的教材都需要自己去指定地点领取，一领就是十本二十本。由于是大一新生，都在"好傻好天真"的年纪里没缓过神来，傻傻乎乎又没什么经验，就这样不假思索地，在未带任何背包或是手提袋等运"书"工具的情况下，跑到指定地点，捧起十多本书就往寝室搬，而往往那个地方离我们寝室有十万八千里，需要穿过一个广场，绕过两条街道，再拐进一条小路才能到达终点。对于向来以"汉子"自居的女同胞们或许还是小菜一碟，但对于像我这种头脑简单，四肢也不发达的人来说，就相当困难了。

　　那时正值长春九月初，"秋老虎"还肆无忌惮地在长春大地上奔腾，而取书的时间偏偏又是一天中最热的午后两点，我捧着快追上我脑袋高的教科书，用自己浑身上下所有的器官感受了一回"知识的重量"，不一会儿汗就从额头上渗了出来。由于我皮肤比较脆弱，很容易感染过敏，如果在这种烈日当空的阳光下站上五分钟，我就可以跟自己的脸"say goodbye"了。气喘吁吁地走完一半的路程，感到整个人都不好了，望着旁边给美女献殷勤的男生们，我只能怪自己没生得一副好皮囊，连最后的廉价劳动力也没办法使用了。"天时、地利、人和"，生活用实际行动告诉我，什么叫作三者不得其一，什么叫作没有最倒霉，只有更倒霉……

就在这个时候，我听到身后传来一阵脚步声，有人喊了一声我的名字，紧接着，一双手接住了我快要摇摇欲坠的书本。"拿这么多书怎么也没人帮一下……"话音未落，她已把我快要和脑袋齐平的书减去了一半。那一刻，我真的感到如遇救星，没想到本学院还有一位这么善良的同学，更让人兴奋的是，她竟然认得我。顿时，自己的小虚荣心得到了满足。

后来我便记住了这个热情的姑娘，因为她名字里带一个"鑫"字，我们有时都打趣地叫她"李三金"。

如果剧情到此结束，说不定会是一个"时代姐妹花，永远不分家"的故事。然而，和李三金相处的过程中，我渐渐发现她热情外表下的另一面。

李三金对"洗脑术"的热衷远远超出了我的想象，每次去寝室找她，都可以看到她床前摆满了各类"洗脑"教科书，乌压压的一摞，像在白墙上悬了一口黑色的棺材。李三金常说："人在江湖，身不由己。社会险恶，良心不足，尔等只能自保。"在她的眼里，世界是败坏的，社会是黑暗的，人心是邪恶的，道德是崩塌的。要想在社会里立于不败之地，就是要"以毒攻毒，以恶制恶"，而"洗脑术"便是解决一切问题之根本。"正所谓'人善被人欺，马善被人骑'，我不八面玲珑，见风使舵，难不成要等到'人为刀俎，我为鱼肉'时再追悔莫及吗？"而李三金这样的生活态度，也使我在某些情况下不得不对她"退避三舍"。

李三金的个性，使她结交了不少"二代"和"主席"们，也渐渐远离了我们这群没有任何"利用价值"的旧友。这就好比是炒股票，原以为是个"潜力股"，能一路飘红扶摇直上，结果，却处处绿旗飘扬。眼见即将崩盘，在还未被套牢之前，还不"退步抽身早"？

平日里，除了与她的"朋友"们聚会、逛街、KTV，其余的时间就是研究如何更好拉近关系，增进"友谊"。偶有待在寝室的时候，就抱起一本"厚黑"揣摩如何"洗脑"。仿佛在她的世界里，根本就不相信这个世界上有什么真正的友谊，所有的亲密关系都建立在一定的利益之上。就如丘吉尔所言："没有永远的朋友，只有永远的利益。""以诚相见，以心交心"这样的鬼话只能骗骗小孩子。每每再看见李三金，总会让我联想到《芈月传》里wuli郡主扮演的腹黑皇后，眉毛上挑，总是一副心计叵测的样子。

记得一次上语言学，我们可亲可爱的X老师满面春光地来到教室，一如往常地拿出钥匙，打开电脑，拉下屏幕，之后便站在讲台上，对着坐在最后一排，正在拿着手机刷屏的李三金说道："李鑫呀，你的雨伞我忘记带了，一会儿你去我办公室拿吧。"瞬时，所有人的目光都聚集在了李三金的身上，把李三金看得脸上顿时冒出三条黑线。

原来昨天下雨，恰巧X老师没带雨伞，眼尖心细的李三金毫不犹豫地把雨伞塞给了老师，自己冒着雨跑回了寝室，而不巧的是，我们的X老师并不明白李三金的良苦用心，据说那一年的语言学，李三金依旧被挂了科。

不可否认，"洗脑术"教会了我们很多东西，让我们这些"小白"们能更快地成长，但其中一些"阴暗"的思想也让我不敢恭维，况且如今的图书良莠不齐，作为一个大学生，我们尚且不具备分辨对错的能力。

　　人是一种极其复杂的生物，我们有头脑、有思想，也有自己的小算盘。但因为如此，我们就要天天活在算计里是不是太累了？虽然达尔文说过"物竞天择，适者生存"，但并不代表我们一定要踩着同伴的脑袋才能站得更高、看得更远。至少，人除了利益，还有感情。

　　"洗脑术"到底洗了谁的脑？

🔹 东子说法

　　首先说明，"洗脑术"和"心灵鸡汤"有所不同。前者是寻找并利用对方弱点，向其灌输异于一般价值观的特殊思想，以符合操纵者的意愿。它具有以下几个特点：排他性、咒语化、仪式化、重复性。他们一般会告诉你，这是让你变得更加聪明的一场头脑风暴，改变思维逻辑的一种激励。其实，它是让你丧失判断力的美妙陷阱。后者虽然不宜多"食"，但适当"食用"还是有积极意义的。

　　现在的"洗脑术"被广泛地应用在各种营销活动中，特别是一些诈骗和传销。无论是诈骗，还是传销，都是先通过嘘寒问暖套近乎，让你感到他是天下最好的人，使你尝到甜头。而后，使你信任他，甚至崇拜他，再把你的脑袋清空，无条件地接受洗脑者的思想，让你按他们的意识行为思考和做事……

　　作为职业作家，东子不时逛逛书店。在琳琅满目的书籍中，励志宝典、读心术、谈判术、厚黑学等"洗脑"类书刊摆放在耀眼的位置，书堆旁还不停播放着所谓的励志大师的慷慨激昂的演讲……这些书籍和演讲，通过"忽悠"和"喊口号"，传播的大都是负能量，告诉人们怎么偷奸取巧、不劳而获、溜须拍马、阿谀奉承。

现如今，迷恋"洗脑术"的不止李三金一人，还有很多年轻人，特别是想一日成名或一夜暴富的在校大学生。由此一些大学生被各种传销组织和诈骗分子盯上，一个个被洗脑，其结果不是人财两空，就是倾家荡产。

我就不明白了，自己的脑壳为啥非要装些别人的废料？上大学了，二十来岁读了十多年书，怎么就白活了，怎么就别人忽悠啥是啥，自己就没有点判断力。可怜之人必有可恨之处，被洗脑的大学生，很多都是急功近利、急于求成的，而那些所谓的大师就是利用大学生的这种心理，采用心理暗示的方法，一步步放空你的头脑，而后给你灌入他的歪理邪说，使你成为行尸走肉般的僵壳，然后任其摆布。

任何生物的生长都离不开营养。

人类也是通过吸纳一定的营养逐渐发展，青少年成长自然要不停地吸纳养料。无论是励志书籍，还是成功者的创业演讲，都或多或少地对我们的成长起到激励作用，这就是大学生所需要的精神养料。但在吸纳前，我们要甄别是养料还是废料。不要不分青红皂白，就照单全收，要去其糟粕取其精华。

不唯我独尊，也不人云亦云，该是当地大学生应该具备的两种健康心态。

美女多抱怨，我们还咋活

　　不知道为什么，齐大美女的抱怨会那么多，当她再一次跟我大倒苦水时，我说出了那句压在心里很长时间的话："你知道其实你比很多人都要幸运吗？你知道我们有多羡慕你吗？"

　　是的，没错。在我眼里，齐大美女出门捡个彩票就能中奖的概率都要明显比我多，如果女娲当年在造人时没计算每个泥人的规格，那么齐大美女绝对是被多添了一块土的那个。人生不如意十之八九，齐大美女根本没必要这样苦大仇深地抱怨。

　　齐大美女是我们公认的女神，1.70米的个子，纤细的身材，再加上一张得天独厚的脸蛋，一双桃花眼嵌在上面，笑起来眼睛眯成两道弯弯的月牙，睁开时，水汪汪的如秋水含波，用"明眸善睐"来形容也不为过吧。仅凭桃花运不断这一点，我们这些"灰姑娘"就不知要被甩几条大街。

　　但齐大美女头疼就头疼在这儿，她常常抱怨自己为什么总是遇男不淑，明明追她的人那么多，怎么最终敲定下来的都是"渣"呢？

　　这要从她大学第一个男友说起。齐大美女的第一位男朋友是某院系的学生会主席，单单这一点，就能吸引一批小姑娘的眼球。当初追齐大美女时,这位主席大人总以各种理由把她约出来,看星星、看月亮,谈诗词歌赋,聊人生哲学……总之什么样的理由都用尽了,只为美人赴约。当时追齐大美女的不止主席大人一个,那些时不时跑到齐大美女面前献殷勤的男生就是证明,但最终,赢得女神芳心的还是他,那个以各种理由把齐大美女约出去的主席大人。

起初看他们两个感觉还是蛮登对的,青春靓丽的美女配英姿勃发的主席,怎么看都是郎才女貌,却也让我们一众小伙伴们羡慕嫉妒恨,每每看到两个人出双入对,就恨自己没生得天生丽质。但过了半年,我却得知了齐大美女和主席大人分手的消息。

齐大美女对外界说得风轻云淡,只说是性格不合,两个人在一起没了感觉,不如从此天涯海角,各自安好。但实际上却是齐大美女被主席大人冷落得实在忍无可忍,最终提出了分手。

分手的导火索是由于上半年的情人节。那天朋友圈的主题只有两个,一个是情侣们"秀恩爱",另一个是单身狗们诅咒情侣"死得快"。对于当时还是孤家寡人的我,决定选择自动屏蔽朋友圈,拒绝看一切或是"秀恩爱"或是"死得快"的消息,和好友一起,跑出去吃了顿大餐。

但齐大美女那天就没那么好过了,手里握着手机盯了一天,而她的主席大人愣是毫无反应坚持到了午夜12点。最后,齐大美女忍无可忍,发了条微信给他:

亲爱的主席您好,您的女朋友(如果姑且还是的话)委托我代她向您问问,请问您是从外太空来的不过情人节,还是根本没把您的女朋友放在眼里?为什么今天一天,您连个硫化氢气体都没放?可否给您的女朋友做个解

释?!

2016年2月14日

最终，齐大美女与主席大人不欢而散。但美女永远是美女，男朋友对她而言永远是旧的不去，新的不来。很快齐大美女的第二个男朋友出现了。

这个男生相比于主席大人更为老实，或许是齐大美女花言巧语听多了，也知道逆耳的才是忠言。只可惜，这位男生老实得过了头，实在毫无特长可言，而齐大美女又心气高，很快两人又以失败告终。

紧接着第三个、第四个……总之，齐大美女的桃花从没断过，但因为种种原因，没有一个修成正果。齐大美女不由地抱怨："为什么摊上烂桃花的总是我？！"

不但在爱情方面，生活中，齐大美女也有许多自认不顺心的地方。

比如，在社团里，所谓的能得到锻炼，永远是那一小撮人，除了你在某一方面有超常的能力，能不能委以重任全看学长学姐的心情。至于其他人，只不过是被一些响亮的口号"洗脑"后，怀着无比崇敬的心情期待着那些"前辈"们能分自己一杯羹。而齐大美女天生心高气傲，不愿意巴结奉承，喜欢你就跟你说几句，不喜欢连一句话也不说，结果可想而知。

齐大美女的抱怨无休无止，她抱怨世界太过险恶，她抱怨社会太不公平，她抱怨男朋友花言巧语、表里不一，她抱怨周围人口蜜腹剑、见风使舵。但我想说，你难道没有看见你身上有多少让我们羡慕的地方吗？你身上有多少闪光点是我们求之不得的？

你美丽动人，身边总是围着一群男生给你献殷勤，桌子上不时出现一束花保证是你的；你有一个幸福的家庭，父母每日对你的嘘寒问暖就应该知足；你有一副好嗓子，唱起歌来像百灵鸟……你身上有那么多优点让我羡慕，但你竟然还在我面前抱怨这个世界对你太不公，那我是不是要去跳黄河呢？

✏ 东子说法

在旁观者看来，齐大美女真是身在福中不知福，放在大多数同学的眼里，就是两个字——矫情。

你要啥有啥，还这么矫情，抱怨这抱怨那的，是不是幸福得过火了烧的？很多人对此不理解："你啥都比我们强，还一脸哀怨，还让不让我们活了？"

是的，如果和大多数同学比，齐大美女还是比较幸运的，至少她具有的优势多于他人。那么，她为什么还抱怨不已呢？因为我们看到的只是美女光鲜亮丽的一面，其实她内心会有很多不被人知的痛楚。所以说，人在江湖，各有其苦。

这让我想起我认识的一个女孩。她长相漂亮，学业优异，文笔优美。刚上大二，就在报刊发表了好几篇文章，很多同学都羡慕她长得漂亮又会写文章。可她自己却不快乐，也如齐大美女一样自怜自艾。1.60米的个子在女孩子中属于中等，她总是和比她高的女孩比，认为自己长得不够亭亭玉立；本来不善表达，总是和善言辞的同学比，感到自己不够伶牙俐齿；自己家庭相对有些困难，却总和那些日子富足家庭的孩子比，认为自己出生在这样的家庭是命苦……

越想越心理不平衡，越比越自卑，甚至一度丧失了生活的勇气。

齐大美女和这个女孩之所以不如意，是他们以偏概全，把自己的不如意放大化了，而由此忽略了自己让他人羡慕的优长（优势）。所以我们要经常换位思考，那样就会发现自己很幸福，很多的不如意也就释怀了。无论是齐大美女，还是这个女孩，都不要盯着自己不足（劣势）不放，而是既看到不足，又能欣赏自己的优长。这样才能保持一个自信的乐观心态。

"知足常乐"是很平实的一句日常用语，但是它满含着深奥的生活哲理。所以，齐大美女应该知足，而闺蜜和同学也应该给予一定的理解。

人生成败往往只是心态。你乐观地看待事物，世界就是美好的，你就会觉得活着很幸福。如果悲观待世，就会感到事事不如意，活着自然也不会快乐。

欣赏自己，幸福无边。

管住自己咋就这么难

　　淼淼终于跟暗恋一年的"男神"表白了，在一众室友的鼓励下。那天是圣诞节，窗外华光溢彩，四处飘荡着"Merry Christmas"的节日旋律，室友们一边吃着昨晚平安夜剩下的苹果，一边等着淼淼得胜归来。结果，当淼淼顶着一头雪花失魂落魄地走进寝室时，一头栽在枕头上，声嘶力竭地喊了一句："我的男神竟然有女朋友！"

　　原来，淼淼参加"男神"举办的圣诞party，经过一番精心打扮正准备表白，没想到"男神"竟牵着一个女生的手走了进来，在众人的欢呼与喝彩声中，她只好将准备了一肚子的台词吞了回去，凄惨地隐匿在角落里，成了一颗陨落在暗夜里的流星。

　　"那个女生不就是个子比我高一点，头发比我长一点，身材比我瘦一点嘛，除此之外还有什么了不起的，不就是个'花瓶'嘛，我男神怎么就偏偏看上她了呢！"淼淼趴在桌子上，噘着嘴巴，一副愤愤不平的样子。都说"女追男，隔层纸"，如今看来也应该加个备注——追男也要是美女才有资格。

　　那一天，淼淼对着寝室对面的圣诞树发誓，自己一定要脱胎换骨、内外兼修，让"男神"对她刮目相看。

第一步，从减肥开始。淼淼不算很胖，只是微微发福，再加上圆鼓鼓的婴儿肥，显得整个人都是胖嘟嘟的。在女生心里，没有最瘦，只有更瘦，比起"男神"身边的那个"花瓶"，淼淼的确还有很长一段路要走。为了减肥，淼淼真是煞费苦心。每天早晨，她将原本一杯豆浆，两个包子的食量缩小到一杯豆浆，一个包子，后来甚至连包子都省了。中午也是如此，到了晚上，淼淼便用几片面包或是一个苹果解决了所有问题。

当夕阳渐收，夜幕渐渐拉下，室友们已经窝在床上开始了各自晚间的娱乐活动。该看小说的看小说，该听音乐的听音乐，该和男票卿卿我我的卿卿我我，而淼淼则开启了她的减肥模式，跟着郑多燕在网上大跳健美操。

半个月过去了，淼淼的减肥计划还在进行着，眼见着快要放假，寝室长提议大家出去吃个火锅。看着一桌子饭菜，每个人都垂涎三尺。刚开始淼淼还坚定地说自己要当个素食主义者，为了减肥，片肉不沾。然而当一盘肥牛端了上来，淼淼还是忍不住咽了口水。明明嘴上说不要，胃却很诚实。"淼淼，说好的减肥呢？"室友问她。望着锅里翻滚的肉片，她笑嘻嘻地说道："吃一次不会有问题吧。"然而，一旦破例，就像推倒的多米诺骨牌，一个倒下，后面的接二连三也会产生连锁反应。日后的淼淼越来越懈怠，等到过年回来时，又恢复到了老样子。

记得郑多燕在《减肥天书》中曾写过："以前减肥失败的原因不是因为你的意志薄弱，而是因为你选择了错误的减肥方法，或者是对减肥感到厌倦，或是由于别的因素。"但对于淼淼来说，坚持了半个月就夭折的减肥计划，除了管不住自己的嘴，迈不开自己的腿，实在找不出其他理由。

相比于外表，人最重要的还是心灵，就算自己长得没有貌美如花，如果自身素质提高上去，也会给自己增加不少印象分。毕竟美女总比才女多，有才华的女生还是稀有物种。

新年过后，淼淼决定当一个拼得过智商，考得了高分，斗得过四六级，拿得下奖学金的"学霸"。

从前，淼淼上课是很随意的，虽然不逃课，但也没认真听过几节。老师在讲台上点着鼠标，一页一页地翻着PPT，她就在底下一遍一遍地刷着朋友圈。偶有新课程或是精力充沛时，就聚精会神听一会儿，如果困得实在不行了，就倒在课桌上小憩一下，等到老师说该记笔记了，就赶紧抓起笔，把屏幕上的内容原原本本抄一遍，但抄的是什么连自己都不清楚。

转过年来，淼淼就大不一样了。每次上课总是去得很早，坐在第一排离黑板最近的位置，摊开笔记，等待老师的到来。上课时，淼淼总是坐得端端正正，认认真真地听老师讲的每一个字。笔记工工整整，简直可以去博物馆展览。室友们坐在教室后面，看着她的一举一动，不由感叹变化之快。

淼淼常引用高尔基的那句"书是人类进步的阶梯"激励自己，给自己定下了一周一本书的目标，要给自己来一场"灵魂的洗礼"。为此，她在"当当"和"亚马逊"定了不少书，从横亘远古的《山海经》到如今大火的《北京折叠》，从流传百年的名家经典到如今各大热销榜的畅销新锐，大大小小摆满了床头。

可惜，这样的好日子没过多久，淼淼的积极性随着天津日渐升高的气温而渐渐降低。买回来的书全部看完的不到三分之一，余下的只是草草地翻了几页。偶尔闲下来，坐在床边，看着床头的"精神食粮"，随手拿过一本，看着看着不觉进入了梦乡，一个月过去了，当初一周读完一本书的目标，如今仅完成了一回。

而上课，不知不觉又回到了老样子。明明淼淼很努力地告诉自己，要

"好好学习，力当学霸"，但自己就是管不住自己。老师上课没多久，淼淼的思绪就跟着午餐的菜单一起飞到了食堂。

一学期下来，淼淼还是当初那个淼淼，说好的"脱胎换骨"都在"明日复明日"的推脱中渐渐消磨。

大学是个让人充满梦想的地方，每一年，当我们走进这个校园，都会在心里与它许下坚定的诺言。赢得奖学金、考上四六级……那时的我们是多么自信满满，对自己的意志力坚信不疑。可最后，当我们回首这半年的过往，我们会惊讶地发现，自己还是曾经那个自己，从未改变。是不是一定要置之死地才能让自己有重生的勇气？是不是一定要耳提面命才能让自己有坚持下去的动力？是不是一定要等到火烧眉毛我们才知道努力？

为什么，管住自己就这么难？

东子说法

人从自然性到社会性的进化，很重要的标志就是道德和秩序，这就要求我们管住自己。我们知道，动物处于本能状态可以为所欲为，吃喝拉撒睡不受限制，只要自己有胃口就可以大快朵颐，它不会顾及会不会肥胖、会不会不美丽。

作为高等动物的人类，就不能随便吃喝拉撒睡。要适应大众审美，要遵守社会规则和道德准则。所以，为了追求美，胖女都要减肥，为了提高自己的才能，人们刻苦学习相关知识和技能。因为你变美了，就会有更多的人喜欢你，就容易得到异性的青睐；你拥有才能，就会有更好的工作，更高的收入，就会得到他人的羡慕。

从文中我们看出淼淼是一个身体微胖的女孩，在当下这种以"骨感为美"的审美环境下，确实不被异性看好。由此适当地减肥也不为过，毕竟爱美之心人皆有之嘛。由于没有管住嘴，也没有迈开腿，最终她以失败告终。

虽然减肥失败，但是淼淼并没有气馁，而是寻求另一条为自己增加"分值"之路——阅读。应该说这也是非常好的一个选择，某种程度它的综合价值要大于单一的瘦身之美。况且，人的审美取向不同，俗话说"萝卜白菜，各有所爱"。我本人就不是很欣赏骨感美，感觉像淼淼这样的微胖倒是挺美的。当然了，这个胖也得有度，不能是肥胖，不然不仅生活不便，还影响健康。

无论男女，胖瘦与否，我们都应该拥有知识和技能，容有衰老日，才华带终身。

每个人都有惰性。所以，像淼淼这样管不住自己的人有很多。任其发展下去，终将一事无成。那么，究竟怎么才能管住自己呢？

我们都知道，一个人做啥事，动因很重要。是动因牵引我们去做，但是否能坚持就要看是否执着了。像长跑一样，不是每个人都能坚持跑到终点。

年轻人的共性是朝令夕改，没长性，我们俗称"常立志而不能立长志"。这是因为这一年龄段处于心理不稳定状态，波动性较大，抗挫能力弱。

根据我自身的体验和心理研究结果，改变自己没有长性，管不着自己的办法，除却自己有执着的韧劲，就是要让自己尝到甜头，也就是让自己看到为此付出所得的成果。

　　我像淼淼这么大的时候在部队当通信员，那是我自学的初始阶段，因为缺少学习资料，加之战友不时的冷嘲热讽，我也曾几次要放弃。记得有一次，就开国十大元帅排名，连长和指导员为此争执不下，正巧那段时间我系统地学习了开国将帅的军事知识，就说出了自己了解的情况，他们大为赞赏，夸我比他们懂得都多。由此，增添了自信，有了劲头。

　　因为尝到甜头，后来就欲罢不能了。坚持一年后，自学就成了惯性。为此，团首长还把我调到司令部工作，给了我更广阔的舞台。所以，无论做什么，在学习和生活中得以应用，善于自我欣赏才能执着向前……

被偷走的时间

还记得那部白百何主演的电影《被偷走的那五年》吗？布丁被偷走的比那部电影的女主人公少一年，正好四年。

人才招聘会上，布丁拿着简历四处求职，在比肩继踵的求职大军里艰难前行，但比这人海还要拥堵的是布丁的心情。四年，整整四年，布丁用四年换来的就是如今像蚂蚁一般在这不见天日的大厅里，将自己的简历一份份地投出去，然后等待着了无希望的回音。"四年的时间，真的可以改变很多人，曾经一起在自习室里应付期末考试的同学，有的已经出国深造，有的开始备战考研，有的已经与公司签约，有的已在父母的安排下去往子承父业的路上……"布丁不由反思："大学这四年我究竟干了什么？"

大一恋爱浪漫季

那年，我19岁，来到广州这座繁华的城市。终于摆脱了爸妈的束缚，似乎连身上的筋骨也轻松许多。以前常听人说，在"北上广"打拼不易，而我却提前四年来到了这座城市。当然，与此同来的，还有我等了19年的爱情。

在网上翻段子，有人说："大一，又到了一个学长找学妹，学姐找学弟，学妹勾搭学长，学弟吸引学姐的狗血日子。"而我，遇到的是一个学弟找学妹的爱情故事。他是广州本地人，高高瘦瘦的，皮肤有点黑，有点小腼腆，不太爱说话，但我也是相中了这一点才选择了他。毕竟，像我这样的90后，从小也是爸爸妈妈的呵护下长大的，有点小任性，有点小"女权"，最怕的就是找一个大男子主义的男朋友，天天管东管西非疯掉不可。

最初认识他，是在一次很偶然的社团活动里，当时社团在招收新成员，我怀着好奇的心情跑过去看热闹，正巧遇见他在发社团简介。当时，他把一份简介塞在我手上，说道："同学，你是来报名的吧。"说罢把我拉到了他们的报名处，于是我就这样莫名其妙地成了这个社团的一员。

他的粤语歌唱得很好，这种嗓音得天独厚的男生最能吸引女生的注意力，我也不例外。在一次同学聚会上，他的一首《夜半小夜曲》唱得如痴如醉，听他说，他的妈妈是位音乐老师，他的音乐细胞估计是遗传了妈妈的基因。不过，他的普通话不是太好，令我意想不到的是他竟然提出要我教他普通话，他说他将来想考教师资格证，普通话很重要。

就这样，我们走在了一起。没有铺满鲜花的小路，没有摆成心形的蜡烛，甚至连表白都说得像是开玩笑。但就是这样一个人，却吸引了我全部的注意力。

我们一起在图书馆复习功课，一起到食堂排队买饭，一起手拉手走过校园人工湖上的小桥，一起过每一个节日：情人节、七夕节，甚至是六一儿童节……我是寝室四个人里最早谈恋爱的那个，被大家羡慕得不得了。每次和他约会，室友们总要打趣地说我重色轻友。那时我快乐得像个蝴蝶，完全沉浸在爱情的童话里，朋友圈里无时无刻不秀着我与他的恩爱。

大二娱乐玩耍季

也不知是谁说的"秀恩爱，死得快"，竟然一语成谶。我和他分手了，仅一年的时间。那天我一遍一遍地听着《可惜不是你》，梁静茹的歌声低回婉转，唱得撕心裂肺。以前走过大街小巷，这首歌不只听了千遍万遍，也没有今日这样伤感。或许真应了那句"心有戚戚焉，然心戚戚矣"。

经过一个多月的食不知味，辗转难眠，我突然意识到，对付前任最好的办法就是要吃得好、睡得好、玩得好。要让他知道，没了他，地球一样转，本姑娘一样活。广州这座千年古城有太多的故事待我发掘，我一定不能辜负这座城市的美意。

珠江水波荡漾，天字码头上灯火辉煌，据说孙中山在此登船北伐；羊城的古城门巍然耸立，还在诉说那段保卫一方风土的历史；东山洋房红砖清水外墙白，为这座古城添上了一抹西式风情……还有广府特色的白切鸡，上下九路的萝卜牛腩，吃完才发现就是馄饨的云吞面。大二这一年，我几乎逛遍了广州城。

大三实习冲关季

转眼间，我竟然到了大三，大学时光一下减去了一半，隐隐感到了一丝危机。爱情，已离我远去；玩乐，也让我乏味。每逢佳节，反倒开始怀念妈妈的味道。当初不是一直要逃出那个牢笼吗？当初不是要为自由而喝彩吗？怎么如今开始想家了呢？

大三，开始实习了。带着一瓶不满半瓶"咣当"的知识技能，跑到公司给老板端茶倒水，说是实习，其实根本没有多少实践的机会。原本希望在公司好好表现，力求将来能留在这里，解决就业危机，然而老板根本没把我这个初出茅庐的丫头放在眼里，实习一结束，我也就与这家公司无缘了。

大四求职冲刺季

终于，我到了大四，手里攥着苍白的简历开始了求职之路。这一刻，我终于体会到了在一线城市打拼的艰辛和不易。当年的好友各奔东西，当年的爱恨随风而去，留下我一个，在这座城市踽踽独行。

布丁回想这大学四年的时光，五味杂陈。"如果当初我努力学习，如果当初我多参加些社会实践，如果当初我能多读几本书……会不会就和现在不一样？"

"劝君莫惜金缕衣，劝君惜取少年时。有花堪折直须折，莫待无花空折枝。"我们听了太多毕业的学长学姐对我们的忠告，看了太多莫要虚度大学四年光阴的良言。但又有多少人将这些金玉良言听了进去？我们大学的时间，就如布丁这样被悄悄偷走。

──────────● 东子说法

随着时间的流逝，很多人会发出类似布丁一样的感慨：时间去哪儿了？时间被谁偷走了？

其实，相对来讲，世界上最公平的就是——时间。它对于我们每一个人都一样，绝不会因为你相貌丑俊、能力大小、职位高低而多予寡舍。

同样的时间，同样的环境，同样的年华，为什么会有不一样的结果呢？这除却个体自身的差异外，就是时间的利用价值之别。想想看，同样的四年大学时光，有的苦学了四年，有的风流了四年，有的狂玩了四年，其结果能一样吗？

付出和得到成正比。种什么瓜就会结什么果。所以，不要抱怨时间被谁偷走了，而是要反思自己是如何利用时间的，自己这四年都做了些什么。

我在学习心理学时，有一门课程是《管理心理学》，那里面有一节专门谈时间管理。之所以同样的时间，会产出不同的结果，就是没有科学地进行时间管理。如果把自己能够支配的时间80%用在重要的事情上，用余下20%的时间去应付不是很重要的其他杂事，这样其成效就会高。比如，我在部队时，正常的军事训练和学习，我和其他战友都是一样度过的。而除此之外的大把剩余时间，是由自己支配的，我的时间80%用在自学和阅读上，而战友们则是下棋、打扑克、玩篮球和逛街，后来我们的人生自然大不相同。

那我们回过头来看看，作为一个大学生什么事情重要？学业当然是第一位的，这就需要投入80%时间的事情；而谈情说爱、游玩相对来讲，就不那么重要，投入少量的时间来填充即可。

我们知道，作为学生，学业必须过，要学有所成。而爱情则可有可无，缘来不拒，未遇不求。其实，即便恋爱，也应该在不影响学业的情况下进行，如果把二者关系平衡好了，爱情是可以促进彼此的学习的。

虽然我强调学业第一，但是不赞成书呆子型和学霸式的学习，重要但并不是唯一，作为年轻人要多尝试各种生活体验，使之丰富多彩。所以恋爱该谈还是要谈的，游览和品尝美食也必不可少，这不仅仅是丰富生活和饱饱口福，那也是一种生活，一种经历，它同样可以开阔视野、增长知识。特别是类似于东子这样的文学艺术工作者，这些生活体验对创作具有非凡的积极意义。

　　放眼今日之大学校园，像布丁这样时间被偷走的人很多，他们四年的大学基本上是：新鲜——瞎忙——乱撞。这种缺乏计划性，不对时间进行科学管理，是时间被"偷"走的主要原因。不去好好把握，无序生长，时间自然悄悄溜走……

　　时间无反复，人无再少年。幸好，你还年轻，依然有大把时间可供自己支配，余下的时光，该怎么度过，掂量掂量吧，布丁们！

努力了，为什么还是失败

人最可怕的不是面对困难止步不前，而是大步向前走了，却依然走不出困难的迷局。不努力的失败，我们可以拿懒惰做借口，但努力之后的失败呢？我们又可以拿什么作挡箭牌？所以很多时候，我们不得不低头，就像白天鹅与癞蛤蟆，要想相提并论多少有点困难。

但并不是所有人都心甘情愿一辈子做命运的小弟，彤彤姐就是其中"出淤泥而不染，濯清涟而不妖"的一枚。对于她来说，即使被迫无奈要充当生活的配角，也要当得漂亮。至今犹记她在跟我们讲述她大学生活时正能量爆棚的表情，几乎给在场的每一位都打了一针强心剂。也是那个时候，我见识到了她的坚强与执着。

彤彤姐的努力，周围人都是有目共睹的。一直以来，她都有一个梦想，希望可以去澳大利亚的大堡礁，来一场说走就走的旅行。从小初高一直到大学，习惯了巴山楚水的彤彤姐做梦都想去看一看地球另一端那个被称为"世界上最佳求婚地点"的国度，尽管她与男朋友隔了二十几年依旧没有相遇，但这阻挡不了她的那颗少女心。自从上大学起，彤彤姐就在为自己的梦想默默努力。正巧，学校与澳洲的一所学院建立了合作关系，每年都会选派一些学生去学习交流。当看到这个可以圆自己多年梦想的机会，她自然不能轻易放过，早早就打听好了交换生的选拔标准，七大步骤、八大目标地列了满满一张纸，并贴在了墙上，而这一贴就是三年。

不知道是不是物以类聚，人以群分，英语莫名其妙地成为了我所认识的这一圈人的"头号公敌"，而彤彤姐也难逃其魔爪。永远都记得，她那一口带着武汉乡音的英语是如何愁坏了一众老师，而她的汉式语法又是如何令众人大伤脑筋，但英语恰恰是她能否完成梦想的重要条件之一。为了弥补先天的不足，彤彤姐每天清晨都早早起床，跑到校园的树林里，对着校宝级别的百年老树逐字逐句地背诵朗读。三年下来，如果老树有灵，估计都可以跑去考雅思托福了。在寝室，彤彤姐永远都是第一个起床的人，我几乎想象不到，大冬天天还没亮，她是如何有勇气从被窝里爬出来的。

彤彤姐很少化妆，也很少逛街，除了朝着她的梦想奋斗，很难见到她对其他事物提起兴趣。记得曾经有一次去买手机，导购问她有没有什么要下载的软件，可以在这里一并下载下来。当时彤彤姐看了一眼手机只说了一句话："把手机里能删的游戏都删掉吧。"着实让那位90后导购大吃一惊。近几年很流行一个游戏叫"消灭星星"，当时我们讨论最多的话题就是你过了几关，但对于彤彤姐来说，玩游戏就是在浪费时间、浪费生命，只有不断地努力，不断地奋斗才能弥补她心中的不安。有人说，彤彤姐把自己的人生活活过成了苦行僧，但她却在这样的人生里自得其乐、乐此不疲。

除了日常的功课，彤彤姐还有一项任务就是做兼职。每当周末，当有些人还窝在寝室追剧时，当有些人还奔波于各大商场疯狂扫荡时，当有些人还在跟自己的男票你侬我侬时，她已经骑着送外卖的自行车在校园的各个角落中往来穿梭了。和彤彤姐熟识的人知道，她这么拼多半也是出于无奈，从小要强的她不忍心加重家里的负担，坚持要自食其力。看着彤彤姐这般模样，大家也实在于心不忍，平日里买个点心零食，都给她带一份，说是买多了吃不了，但她总是会找机会再把这些东西还回来。

都说"吃得苦中苦，方为人上人"。我一直坚信，彤彤姐的梦想一定会实现，实习机会会有的，大堡礁之行会有的，那个站在大堡礁上至今二十年尚未相遇的男朋友也会有的。

那一年，彤彤姐大三，离梦想只差一步。远在长春的我没办法第一时间给彤彤姐送去祝福，只能发信息，祝她马到成功。

故事往往到这里，都会以喜剧收尾吧，用汗水播撒的种子终将收获丰硕的果实，天道酬勤的故事会一遍遍在我们身边上演。然而，世事无常，彤彤姐过于执着的拼命却铸成了她最不堪的回忆，欲速则不达，现实世界不是剧本小说，一遍不行还可以NG再来。彤彤姐离梦想只差一步，却永远差了这一步。她的交换生之行，她的大堡礁，她的梦……

从小我们就听老师教导我们"天道酬勤"，但长大了才知道，"天道"是有选择的，"酬勤"也是有要求的，不是每个人在努力之后都会获得成功。"天时、地利、人和"总有一个要拉你的后腿，让你与成功失之交臂。既然这样，我们努力的价值还有多大？它的意义又在哪里？既然努力也有风险，我们怎样才能躲开这些随时可以击垮我们的隐患？我们要努力，但更想成功！

──────────　🔹 **东子说法**

　　不努力不可能成功，而努力了不一定就会成功。

　　成功要具备很多条件，是有很多因素的，努力只是其中之一。东子根据自身的成长及多年的研究，总结出了一个基本的成功法则：潜质+悟性+兴趣+勤勉+机遇=成功。

　　我来具体解释一下这个成功法则，潜质也称之为天赋，就是有没有这方面的潜在素质，就比如说让一个先天五音不全或口吃的人去唱歌或演讲一样，我们常说的没有艺术细胞就是它；悟性就是是否聪明，够不够灵活；兴趣是最好的老师，做自己喜欢做的事更易于成功；勤勉就是我们常说的能吃苦，努力付出；机遇就是机会，能不能寻到机会，有没有平台。

　　所以说，成功不仅仅是有勤勉的付出就可以了，比如努力的方向不对，自身的悟性不够高，这方面的兴趣不够足，没有遇到应该有的机遇……这些都会阻碍成功。另外，成功还具有一定的偶然性，比如正好赶在那个节点上。

　　我必须要和大家说明的是，不成功不等于没有收获。

　　我女儿范姜国一读大学时，本来是可以保研的，但是孩子心高想自己考试，而且是零基础跨专业考心理学研究生，她报的是北京大学。为了考取北京大学心理学研究生，本科新闻学专业的女儿，开启了"学霸模式"。这对于一个玩着长大，高考都在玩的孩子而言，这样的苦学是非常折磨人的。看着孩子吃的苦，我有些心疼，她安慰我说："就算是我重新高考一次，也是一次应试教育体验嘛。"

　　经过大半年的刻苦学习，迎来了发榜日。在走出考场时，孩子还抱着70%的把握，结果因专业课分数没有达到北大的要求，而未进入面试。而且这个分数与她自己和老师估算的分要低很多，为此一度想复查分数，后来放弃了，无奈地接受了失败的结果。孩子也曾为此气馁过，因为她为此付出的太多了，但是想想哪个参加考研的孩子不是付出这么多呢？

　　2017年春节，已经在北京就业的女儿回来和我说，通过一年的社会体验与历练，她感到虽然没有考上这个研究生，但是考研准备那段时间的学习令她受益匪浅：一是知道了什么是辛劳，二是让她了解了社会状况，最主要的是她掌握了很多心理学知识，并且在现实生活中得以很好地应用。

　　这就是得失的辩证关系。

　　成功往往只是一件事情做好了，而我们一生要做的事情有很多，不可能件件成功，事事顺心。所以，与成功相伴的是失败总是与我们不期而遇。换个角度看，失败也是一种成功。

　　虽然彤彤姐为之努力的"交换生"失败了，但是这一付出过程自会有另一种收获。再说，作为年轻人，以后还要面临无数次成功与失败的历练。在最美好的青春年华，你努力了，付出了，坚实地走过了，无愧于时代，无愧于自己，你就拥有了成功！

　　路还长，道还远。坚定地走好今后的每一步，成功自会与你相拥！

弯路也是一道风景

佳佳渴望成功，她比谁都渴望。对她而言，成功不仅仅是一次对自己的肯定，更是让她摆脱噩梦的黎明。

记得她曾对我说过，很多时候，她感觉自己像是个被上帝厌恶的弃儿，在这茫茫人海里被反复摔打冲击，她不求一掷千金，但求过一个正常人的生活，一个安安稳稳的生活，但就是如此，佳佳尚且不能如愿，所以她一定要成功，证明给自己，也证明给那些嘲笑她、打击她的"败类"们看，让他们感受一下，什么叫作"悔不当初"！

佳佳的父亲自小娇生惯养，可谓前半生一路平坦。或许上天是公平的，不会让他这样一直幸福下去，所以他的后半生，一直在跌宕起伏的温饱线上徘徊。而佳佳，也随着这起伏不定的生活而过着惴惴不安的日子。佳佳还记得在自己小学二年级时，举家迁离。佳佳离开了从小生活的故土，远离家人、朋友，也是从那时起，她的人生变了，变得残破，变得不堪。

为了摆脱家庭的噩梦，为了将来能过上衣食无忧的生活，佳佳一直很努力地学习，她的成绩名列前茅，这也是当时唯一能让佳佳开心的事。可佳佳特别怕期末考试，尤其是暑假时，不是因为怕考不好，而是因为考完试就要放假，一放假她就会一天24小时面对那个整天游手好闲而又嗜酒成性的父亲。

西安的夏天，天气热得人心烦，佳佳的父亲也会变得异常暴躁。初三那一年，佳佳考了班级第一，但那一年，也迎来了她人生的又一次拳打脚踢。原因很简单，佳佳的语文成绩没有满足她父亲大人的标准，于是他的巴掌又呼在了她的脸上。佳佳看着自己的血从鼻子里一点一点流出来，一滴一滴滴在佳佳的白裙子上，滴在那黑色的水泥地上，滴在心里。后来，同学问佳佳考了第一爸妈给了什么奖励，她很冷淡地跟那个同学说："我爸什么也没给。"这话被奶奶听见了，揣给她一百元钱，说："你爸不给我给，咱家孩子不比别家孩子差！"佳佳心里一阵苦涩，故作大大咧咧的样子说用不上这钱，让她留着吧。这也是实话，佳佳那时连一根五毛钱的冰棍都不舍得买，要这百元大钞做什么？

不过，佳佳的节俭并不能扭转家里的局面。父亲的嗜酒如命，导致无论家里剩多少钱，总有一大半是用来买酒的，家里最多的也是酒瓶子，啤酒瓶、白酒瓶，堆满了整个储藏室。佳佳常看见，她这位养育她的父亲，手里握着酒瓶子，在屋子里晃啊晃啊，但更让人恐惧的是，一次，竟然看见父亲的手里还攥着一把刀！佳佳深深记得，他手里握着刀，走进她和奶奶的屋子里，从南走到北，从东走到西，然后癫疯地说："活不成，我们就死吧！"佳佳躲在床角，看着奶奶面不改色地盘膝而坐，她不知道奶奶在想什么，只能紧紧抓着她的衣角，那段时间，奶奶就是她全部的精神支撑。

那天晚上，佳佳从梦中惊醒，擦干眼角残余的泪水，四下环顾。屋子安静极了，没有爸爸，没有巴掌，没有酒，也没有刀。从那时起，佳佳就有一个习惯，喜欢一个人独处，只有这个时候，才会有安全感。

当时，佳佳摸到床头有两个螺丝帽，放在手心，掂了几下，突然做出一个令自己都惊讶的举动，她把它们一口吞了进去。"我受不住了，我真的受不住了，我不想每天都担惊受怕，我不想每天都为生计而忧虑，我为什么不能像其他孩子那样无忧无虑地在阳光下奔跑，我为什么不能拥有一个幸福快乐的家庭，我不要你们给我提供多少富足的物质生活，我只要你们能给我一个健康和谐的家！"佳佳把一个抻平的曲别针攥在手里，一道一道往手腕上划，不知道在自己手腕上划了多少道，至今想起，心里还是隐隐作痛。

在日后的生活中，佳佳时常会做噩梦，梦见爸爸还有他的刀，有时甚至梦见爸爸杀了全家，鲜血淋漓……每次从梦中惊醒，抱着头，身子不住地发颤，眼泪哗哗地流出来，但佳佳从来不会哭出声，不想让其他人担心。此时她多想有人能抱住她，跟她说：没事了，有我在，我会保护你。可惜，这个人从来没有出现过。

曾经，佳佳的家庭是令人羡慕的，父亲英姿勃发，母亲温婉贤淑，再加上父辈留给这一家的财产，也让这家人过了一段殷实的日子。只可惜世道无常，当再次相见时，已是风水轮流转。佳佳至今还记得那个刁泼的舅妈看她一家时的嘴脸："可惜喽，想翻身？给他十辈子也没戏！"

时间延长至佳佳高考。终于，迎来了一个可以暂时摆脱这个噩梦的机会。接到录取通知书那天，佳佳一遍一遍听着姚贝娜的《心火》，"没深夜痛哭过，怎么会有资格谈论命运生活……捧着心，面对火，害怕却不退缩，所有置我于死地的，也激发我胆魄……"那时的佳佳躲在树林里泣不成声。

上了大学后，佳佳常常在黑夜里一个人坐在窗前看满天繁星，"此刻爸爸还在家里发脾气吗？妈妈会不会受到牵连？奶奶已经不必担心了，她已在一个很安全的地方，可以不受尘世悲欢的侵扰……"

这世界就是有太多不公平，有些孩子，他们自生下来就被上帝宠爱着，有着丰富的物质和精神条件，不必为温饱发愁，受着良好的教育，被众星捧月。偶尔吃一点苦，他们的家长就会心痛不已，仿佛自己的孩子受了多大的罪似的，他们又怎么会明白，什么叫作真正的人生疾苦？什么叫作真正的生不如死？

"想改变童年的记忆已是枉然，如今我能做的只能是自己给自己翻盘。"佳佳这样想着，"但我的转折点，你何时才会来？"

━━━━━━━━━🖊 东子说法

做心理咨询这些年，让我真切地感受到：没有最苦，只有更苦。

几乎每个求助者都是苦大仇深，都认为自己是这个世界上最不幸的人：长得不好看、家境贫寒、高考落榜、恋爱失意、爱人外遇、事业破产……

当我把自己的故事讲给这些人后，他们大惑不解："你遭受这么多屈辱和折磨，怎么说话跟没经历啥事似的？"我告诉他们正是我经历了这些痛楚，才越发坚强，越发自信和乐观，才能淡看尘世荣辱。

应该说，我医治他人心理创伤的良药除却心理学专业知识外，就是我自身的苦难人生经历，从各种程度来讲，后者影响更大一些。

东子不是神，自然也曾痛苦过、悲伤过、愤恨过、仇视过……甚至为此到少林寺学武术要报仇雪恨。随着年龄的增长，视野的开阔，阅历的加深，还有自我能力的提升，我改变了最初的想法，开始感恩世界，感恩生命中遇到的每一个人。

最早对我产生积极影响的是一个俄国老头——高尔基，后来是中国残疾女——张海迪，再后来是台湾的赖东进。前两个在中国几乎家喻户晓，所以就不说了，在这里我想给佳佳介绍一下赖东进。

赖东进1959年出生于台湾省台中县农村，祖父母为佃农。其父在22岁时因患眼病失明，靠乞讨为生，从此沦为乞丐。32岁时，捡到一13岁的重度智障流浪女，收养并与之结合，生下赖东进等姐弟12人。他曾是一个被人嘲笑的小乞丐，父亲是瞎子，母亲与大弟精神异常又重度智障，一家14口曾全靠他乞讨为生。他在坟地里、猪圈中睡了20年，忍受了20年的讥讽、耻笑与鄙视，凭着一股"不服输"的意志，从小努力学习并拼命工作，养活一家人，后来成为台湾中美防火公司经理。

1999年，赖东进当选为"台湾第37届十大杰出青年"；次年，他的自传《乞丐囝仔》出版，瞬间引起轰动，日本、马来西亚、新加坡和欧美多国翻译出版此书，他也由当年的乞丐成为励志英雄。赖东进在颁奖典礼上说："虽然经历常人难以想象的苦难，但我要说，我对生活充满了感恩。我感谢我的父母，他们虽然瞎，但给了我生命，至今我还跪着给他们喂饭；我还感谢苦难命运，是苦难磨炼给了我，给了我与众不同的人生……"

接下来我再给佳佳介绍一位可能你熟悉的人物，他叫尼克·胡哲（Nick Vujicic），一个当今世界最励志的青年人。尼克·胡哲1982年出生于澳大利亚墨尔本，他天生没有四肢，只有左侧臀部以下的位置有一个带着两个脚趾头的小"脚"。尽管身体残疾，但顽强自学，用身体仅有的"小鸡脚"打字。8岁时，胡哲的父母把他送入小学，因身体残疾，饱受同学的嘲笑和欺侮。10岁时，他曾试图在浴缸溺死自己，但没能成功。

胡哲无比艰难地成长到19岁，他打电话推销自己的演讲，被拒绝52次之后，他获得了一个五分钟的机会，开始演讲生涯。2005年，出版《生命更大的目标》，同年被提名为"澳大利亚年度青年"。2008年，胡哲担任国际公益组织"Life Without Limbs"总裁及首席执行官，出版《我和世界不一样》。

在尼克·胡哲看来，所有的痛苦都是人生的宝贵财富，在他心中，自己所做的一切只要能改变一个人的生命，那么一切都是值得的。这些精神上的素养完全弥补了肉体上的缺陷，帮助他超越了健全的大多数人，取得非凡的成就。

东子之苦难，虽然不比赖东进和尼克·胡哲，但和大多数人比，仍属苦难深重。简单做个介绍，16岁离开家乡之前，村中的所有人（包括我的父母和兄弟）都瞧不起我，几乎所有比我大的男性都打过我，被迫离家出走后，一米五几、不足80斤的瘦小身躯，忙于下井掏煤、建筑力工等重体力劳动……

走过苦难的童年、少年，青年初期和中期几次因无银两度日险些饿死。更多的苦是身边人鄙夷的目光和不屑的神情。11岁时，我的婶婶一手掐着左眼，一手指着我："小东子，我咋掐半拉眼珠也看不上你，你记着，全村人都出息了，你也没出息！"16岁离家出走之前，长我20岁的堂哥轻蔑地看着我说："你这货，出息来出息去，早晚还得进监狱！"

类似的语言每日装满耳朵，伴着我成长。就是在这样的严打斥责和冷嘲热讽中，我顽强地长大。然而长大后，等待我的是一贫如洗的生活。我结婚时，没有钱财购买新被褥，就把在部队带回的被褥包个皮；一斤豆油，我吃一个月还剩一半；寒冬里的早晨，起床被子冻在了墙上……

我没有被他们打倒，也没有被生活吓倒。因为我始终坚信："打倒自己的不是他人，而是自己，只要我不趴下，执着向前，就一定有出头之日！"后来，我渐渐明白了那句话，"成就你的往往是你的敌人"，虽然我不能把这些人比作敌人，但至少他们给予了我另一种力量！

佳佳，东子要对你说的话有很多，最后只想告诉你一句：无论成败，你都是世界上独一无二的！

生活没有旁观者

当"鸡汤"变成了"鸡精"

　　一直以来，我都很喜欢看心灵鸡汤式的小文章，短小精悍、语言优美，又像邻家女孩在跟你讲身边耳熟能详的故事，每每读完都会让人自信满满，正能量爆棚。所以每当我失意之时，总会找几篇鸡汤文来读，给自己的生活加点油。

　　记得最开始读"心灵鸡汤"是在大一。经历过大学生活的朋友想必都会有所体会，用一个词就可以概括——迷茫。上了大学仿佛是长大了，用不着老师、家长天天耳提面命，追在你身后跟你讲"三从四德""四书五经"。一下子自由了，却也不知道自己该做些什么。大一是大学四年里最乖的时候，每天抱着书本去上课，最开始时还积极地占第一排位置立志当学霸，等到"三分钟热度"过去，坐或是不坐，听还是不听，都与我们没有多大关系。这个时候我们总会说，到了社会谁会看你的专业课，能在这个社会立足的，是在课堂上永远学不到的。于是整个人也迅速变得胸有"城府"起来，好像整个社会的黑暗被你洞悉得一览无余，像个"愤青"似的抱怨"世道不察，人心不古"，不是"同流合污"，就是自诩"出淤泥而不染"。其实，哪有那么多勾心斗角、尔虞我诈，大家同在一个屋檐下学习，磕磕绊绊在所难免，良莠不齐也是人之常情，何必天天苦着一张脸，仿佛这个世界都欠你两吊钱似的呢？回想当初，不觉可笑，但那时自己就犹如钻了牛角尖，怎么也钻不出来。这个时候，只有读读"心灵鸡汤"才能解心头之忧，卸下一身疲惫，以求宽慰。

那时读鸡汤文简直有一种"高山流水遇知音"的感觉，文中的每一个故事都仿佛发生在我们身边，文中所遇到的每一个问题都与我们似曾相识，"这讲的不就是我吗？"我在心里欢呼。而文章最后所提供给我们的人生哲理又是极其受用的。"如果累了，就放一放，行走在世间的路上，别忘记看看沿途的风景。""这世间不会辜负每一个努力前行的姑娘，别让阴霾遮挡住你的双眼。""别再为了摆脱心中的纠结而牵扯太多的人进来，并不是所有人都有资格进入你的世界。请相信，世间总有一个地方可以将你安放，一切只是时间问题。"……每一篇文章都是那样走心，每一段文字都是那样动人。有的为我们的困惑开出了人生良方，有的在为我们的委屈打抱不平，有的在与我们共勉，激励我们一同前行。当初看这些文字可是要感动到哭的，于是一篇文章读完就像打了鸡血似的，战斗力满格地去迎接第二天。

一年过去了，当我再次翻开那些曾让人两眼穿花的文章时，我不由反思："我的问题真的解决了吗？"的确，那些"心灵鸡汤"充满了正能量，它告诉我们要看淡世界的芜杂，做自己心灵的主人；它告诉我们要做一个阳光乐观的姑娘；它告诉我们抛开人生的枷锁，迎接生活的美好……可是然后呢？我们真的像文中所讲的那样，对自己所承受的痛苦释怀了吗？我们不是看尽世态炎凉的老人，也不是常伴青灯古佛的方丈，你让我们常保一颗淡泊之心未免有些困难。这就好像，一个学生数学考试不及格，你要做的是帮他把错题弄懂，还是要教他错与不错没关系，你要把这一张试卷看淡？

最近看"知乎"，偶然发现一组关于"心灵鸡汤"利弊问题的大讨论。其观点无外乎两类：支持或反对。每一类都有足够的证据及充足的理论来佐证自己的观点。

其中，反对的人认为，在他们眼里，"心灵鸡汤"不过是"金玉其外，败絮其中"。冠冕堂皇地说了一堆，却是治标不治本。比如：把问题简单化、存在常识性错误、宣扬金钱无用论等等。

其中流传最广的是一组"怎样画马"的漫画：第一步，画两个圈；第二步，画上脚；第三步，画上脸；第四步画上毛发；第五步，再添加其他细节就大功告成啦！然而，"心灵鸡汤"却忽略了第四步到第五步的中间过程，而这往往是最关键的部分。

如果反对者们采取的是一种理性的态度，那么支持者们相对就更感性些。他们认为，鸡汤文是心灵的避风港，是正能量的代名词，"心灵鸡汤"可以激发人的信心，让人在失意沮丧之时获得温暖，这个社会不是只有冷冰冰的成败对错，还有来自他人的鼓励与支持……两方争论喋喋不休，作为旁观者的我，也难以分出孰对孰错。

我不否认鸡汤文，至今我的微信里还存着好几个有关"心灵鸡汤"的订阅号，但喝了一年的"鸡汤"，料还是那个料，汤还是那个汤，"咕咚咕咚"地熬了好几十碗，我的问题还是没解决，我不禁要想一想，我的"鸡汤"是不是被浓缩成了"鸡精"，需要时就拿出来随便兑一碗。

有时候想一想，我们看心灵鸡汤是为了什么？寻求心灵的宽慰，寻找解决问题的方法，还是单纯地感觉文字不错，就想拿过来读一读？看了这么多年鸡汤文，不知现在的你，目的达到没有。

"鸡汤"营养，能强身健体，但"鸡精"吃多了，却对人体有害。我们手里捧着心灵鸡汤，用心体会着里面的人生哲理，时而感动得热泪盈眶，时而激动得热血沸腾，一瞬间，似乎所有的阴霾都消散了，什么困难都没有了。但之后呢？我们的困难是否真的迎刃而解了？那些困扰着我们的难题是否就这样在我们的一念之间烟消云散了？我们是不是该考虑一下，自己喝的是"鸡汤"还是"鸡精"？

◆ 东子说法

人的成长除却物质营养，还需要必要的精神营养。鸡汤就是物质营养，"心灵鸡汤"则是精神营养。所以，人的成长离不开"心灵鸡汤"，特别是青少年。

任何一种物质，都是有质别的，精神也是如此。

时下一些微博、微信等平台大肆地宣传"心灵鸡汤"，以其"大众化口味，励志化包装，快餐式文本"受到一些大学生的追捧。刚开始感觉这类"鸡汤"尚有些滋味，时间久了就会感到索然无味，甚至变味成了"鸡精"。鸡精本身是一种化学制剂的调味品，是不可以直接食用的，否则不仅味之苦涩，且会损害身体健康。

故事里的"我"就是深受其害的大学生之一。

说起"心灵鸡汤"，东子得先说说自己。

其实东子此刻也是在给你"灌鸡汤"。最近20年，无论是作为电台心理咨询节目主持人还是大学教师，我都一直扮演着这样的角色，我先后到几百所大中学校做与青少年成长相关讲座，我的很多话语被听众记在日记本上，甚至成为他们成长的座右铭。

2000年我在杭州工作时，巧遇了两位在大学期间"喝过"东子"鸡汤"的人。他们都是以同事的角色，与我再重逢的。

当时我在《浙江青年报》开设"东子心理热线"电话和专栏。一天，一个新入职的小伙子找到我，来者叫张郁。1994年我在西安工作时，曾到张郁所就读的咸阳师专做过讲座，当时他是学校采风记者团团长，负责接待工作，所以对他印象较深。按惯例，讲座结束后，为现场听众签名留念。这次见面，张郁说他一直留着我给他签名的日记本，那句话对他激励很大，使他更执着地走在新闻大道上。这些年，张郁一直奋战在新闻第一线，时任《湖商》杂志总编辑，已成为新闻名家。

在报社工作的同时，我还受邀为浙江人民广播电台主持《东子心理咨询》节目，与台里的知名主持人崔颖重逢。1992年我在《海南青年报》工作，崔颖是海南医学院学生会主席。我去他们学校采访、做报告都是她接待的，她说她还记得我说过的话语，对她后来转行从文帮助很大。崔颖不满足于"十大名牌节目主持人"，前几年挺进上海，成为《新闻晨报》健康周刊主笔、"昕健康"传媒总策划。

这两个故事都说明了"心灵鸡汤"对大学生成长是有一定积极意义的。但也要注意两点：一是不可多饮，二是要看是否有营养。不然就适得其反了。

"心灵鸡汤"是安慰剂，不能当饭吃；也不宜过量，不然无异于精神鸦片。我们都知道饺子好吃，可是吃多了，就倒胃口了。同理，"鸡汤"喝多了，也会苦涩难咽。

"鸡汤"都是带有个人主观色彩的，不一定放之四海皆准。特别是有些胡编乱造的心灵鸡汤，简直就是歪理邪说，不仅没有营养，甚至还有毒素。

那么，如何甄别"鸡汤"是否有营养呢？一是原创性，二是作者的资质。一个"鸡汤"的制造者一般应具有丰富的社会阅历，并且在某一领域取得一定的成就，而且这个人充满着正能量。这样他才有话语权，他的"汤"才会有营养。

"鸡汤"不是简单的一句口号，而是实实在在对人的成长有帮助作用的智慧话语。东子的"鸡汤"是我生活经历提炼而成，但也只是一家之言，供大家参考罢了。另外，只顾喝"鸡汤"而不行动的人，就如一个想成为演说家只看演讲书从不开口一样。"鸡汤"是一种思想的传播，而为人成事靠的是行为。这才是对"鸡汤"最好的"消化"，也才能体现其应有的价值。

不能因为有的"鸡汤"有"毒素"就因噎废食，"鸡汤"还是要喝，避免成"鸡精"，就是要我们精挑巧喝。

人生路上，他人只能为你搭把手，而支撑你前行的永远是你自己！

成功究竟是个什么东西

　　从小到大，我们都被灌输一种思想——要成功。没错，"成者王侯败者寇"，自古只有胜利者才有说话的权利。美国一位著名的哲学家杜威也说过："人类天性中最深切的冲动，就是'成为重要人物的欲望'。"所以，为了自己的自尊、为了自己能够被人重视，为了自己将来可以在"物竞天择"的世界里占据一席之地，我们一定要赢！

　　小时候，我们拼成绩，尤其是一到年关的时候，家家户户、大大小小的亲戚走街串巷，见到有小孩的家庭总要问一句："今年考得怎么样？"考得好的家长自然春风得意，但还要故作谦虚地说一句："也没什么。"考得不好的，只能草草应付了事，回家再气急败坏地给孩子来一顿"竹板夹肉片"。所以那个时候，成绩就是我们成功的标志。长大后，衡量成功的标准更多：长相、金钱、地位，你的男/女朋友条件如何？你月工资多少？你在哪个城市工作？是一线大都市，还是三流小城镇？为了追求这些"成功"，我们可以说是煞费苦心。

　　还记得那个靠"颜值"吃饭的"网红脸"吗？高考时名落孙山，只进入一个艺术院校，结果后来人生逆袭成了平面模特。她对成功的定义就如上述所说：吃得好、睡得好、穿得好。总结一句话——过得好。

上艺校之前，网红脸每月的开销就很大，好在她家还算得上小康，父母尚有余力供她大把挥霍。后来上了艺校，网红脸每日逛街、美容、K歌、聚餐……很快就把爸妈给她的生活费挥之一空，再加上平日在学校里，三三两两的小姐妹总要在一起比较一番，网红脸怎甘心屈居人后？伸手向家里要钱的频率明显增多。要的次数多了，父母也生了气，便在网红脸又一次打电话求援时，大发雷霆，警告网红脸，胆敢再肆无忌惮地挥霍，就断了她的"粮草"！

看样子，这一次网红脸的爸妈是动了真格，没办法，网红脸只好自谋生路。也因此，网红脸歪打正着走上了模特的道路。不知现在网红脸的工作有没有满足她日渐膨胀的消费需求，不过，每次在朋友圈里看她天南地北地跑，时不时地在某个金碧辉煌的大厅里发一张美了颜的自拍，再晒几个Prada的眼镜，爱马仕的包，我真担心哪天她会把上万元的内衣翻出来，对着标签来张特写，然后告诉我们这又是谁谁送给她的。或许这就是她所向往的，"吃得好、睡得好、穿得好"的快意生活。在她眼里，这就是成功。

记得高考那年，我的同桌是一位学习非常优异的学霸。平日里，看她除了看书和做题以外，没有其他娱乐活动。就在距离高考还有一个星期的一天下午，我们所有人都在拿着课本高声背诵时，她突然偏过头来，用笔戳了戳我的胳膊对我说："咱们俩聊会天呗。"

高中时，我是个老师不给我们休息时间，我也会主动自我放松的学生。我瞅了一眼已经跑过30分钟的手表，此时人感到疲倦也是正常，但对于一个学霸来说就不正常了。按照以往的经验，她不是即使累得不行了，也要掐着自己大腿继续学下去的吗？今天是怎么了？

隔着众人响亮的背诵声，提防着班主任随时可能出现在后门窗上的危险，她跟我说，她现在很紧张。马上就要高考了，父母、老师对她的期望很高，她怕考得不好。一位品学兼优的学霸，面对着一个成绩中等、默默无闻，毕了业就会被人遗忘的普通学生说她现在很紧张，说她怕考不好，我真想求一下当时我的心理阴影面积。

她跟我说，其实她并不想学得这么累。她努力学习，是因为家长告诉她，考上好大学才能找到好工作，才能有出息，才能叫成功。从小到大，她都是按照父母的要求，一步一个脚印走到今天，她从来没有想过自己要做些什么，她也想不出她该做些什么。

她说，其实她最大的心愿就是在农村，搭一间瓦房，围一个小院，再养一只小狗。种些花，种点菜。每天，给这些花花草草浇浇水，施施肥，除除草，闲下来就跟邻居聊聊家常，或是坐在门口，看着远处炊烟袅袅、夕阳渐收，多么惬意，多么自由！在我这位学霸的眼里，她的成功就是简单快乐，不需要太多的功名利禄，不需要太多的富贵虚荣。钱不求太多，吃饱就好；衣不求太贵，穿暖就行。

突然想到我周围有许多同学，他们的愿望大多都是成为一个"可以下不了厨房，但一定上得了厅堂"的女Boss，尽管很多人说，所谓的女强人并不幸福，她们的棱角太过分明，让周围的人不敢靠近，因为身担重任，时时不敢松懈，以至于食不安、夜不寐。但她们风光无限的外表依旧让人心驰神往。

对于成功，不同的人有不同的定义。我们常常听长辈们讲，我们要好好学习，将来找一份好工作，长大之后，光耀门庭。在他们的眼里，收入高低就是证明你是否成功的最佳标尺。我们也常常看见一些平凡的人，他们没有锦衣玉食的富贵生活，没有前呼后拥的万人追捧，没有遮天蔽日的擎天权力，但他们过得很快乐。在他们眼里，一间房、一亩地、一条狗，就可以满足他所有对成功的向往。

成功到底是什么？金钱、荣誉、利益，还是健康、快乐、平安？对于我们大学生而言，想让我们淡泊名利很难，毕竟我们才刚刚二十几岁，生活还有很多秘密等待我们去发现，还有很多故事等待我们去体验，如果可以，谁不想闯荡一番，成就一番事业？但总有一些人说我们太过功利，心浮气躁，不知人生真谛。那么有谁能告诉我，成功到底是什么？

———————● 东子说法

"成功"是我们既熟悉又陌生的一个词，熟悉是日日与我们相伴，以至于无须解释都知道它的意思；陌生是真要解释又不知如何下手，好像又没法给它下一个确切的定义。东子个人的理解，成功就是做事情达到了心理预期，或者说是满足了预期效果。

因为期望值不同，同样达到预期效果，其结果会有很大差异。比如一个大学生，把"不挂科"和"考研"都作为心理预期，显然后者实现起来比前者要难一些，当然如果实现了，其成果也会大一些。这就告诉我们，期望值有大小，成果有差异。但我们细想想，如果没有前面"不挂科"的成功，就不会有后来"考研"的成功。由此，我们还可以总结出，一个个小的预期效果的取得，可以为后来大的预期效果做铺垫。换一句话说，就是一个个小的成功堆积出了大的成功。同时，它也告诉我们，成功不是一蹴而就的，而是日积月累，经年累月，一步步而成的。

成功像爱情一样，都是一个久谈不衰的话题，没有爱情的生活缺滋味，没有成功的人生没动力。所以，在人类的生命历程中，二者都是不可或缺的。由此，就有了"为了爱情而成就的千古绝唱，为了成功而不顾一切"的一个个故事……

东子不赞成网红脸的"吃得好、睡得好、穿得好，每日逛街、美容、K歌、聚餐……"的人生，当然也不支持这位同桌的"在农村，搭一间瓦房，围一个小院，再养一只小狗……"的生活。前者是单一的物欲追求，没有精神品质；而后者对于老年人倒蛮适合，青年选择这样的生活会消磨意志，会日渐颓废。

作为年轻人，特别是当代大学生，应该有朝气，浑身散发青春的活力，要勇于拼搏，积极进取。我们可先定一个小目标，当然不是土豪王健林一张嘴的那"一个亿"，任何目标的制定都要结合自身的实际情况。他王健林30年前也不敢一张嘴就一个亿，他也是从十万、百万、千万到亿，一步步走来。比如，我们制定这一年除却专业课保过或拿奖学金外，要读几本书，学一项什么特长或培养一项什么爱好，拿到一个什么证……

如此，四年下来，你的学业、技能和综合素质就会有一个质的提升，这就为你将来的成功奠定了坚实的基础。

定个小目标，一个个突破，人生路上，成功就会不期而至。

"白活"的这些年

　　小时候，被爸妈逼着学这学那时，总会听到他们说："长大以后你就知道我们的良苦用心了。"那时我绝对不会相信，自己在若干年后会后悔，当初没听爸妈的话，好好学个特长，哪怕是会吹个葫芦丝，也是门技术。

　　后来上了大学，才知道什么叫一步赶不上，步步赶不上。看着人家拿起粉笔就是一幅简笔画，每每院里搞活动，宣传板的内容都是人家自己动手设计，才知道什么叫"山外有山，人外有人"。

　　记得大一刚开学时，正赶上中秋节，于是院里举办了一个中秋晚会。由于我们是文学院，女生占了半壁江山，而我们这些文艺女青年多半又属于"最是那一低头的温柔，像一朵水莲花不胜凉风的娇羞"的类型，结果报名的人本来就不多，报上的不是朗诵就是朗诵。结果，一场"中秋文艺晚会"俨然变成了"中秋诗歌朗诵会"。坐在台下的我们该翻手机的翻手机，该刷微博的刷微博，搞得台上的女生毫无存在感。估计连学生会那几个主办人员都看不下去了，就在我们昏昏欲睡，开始不停看手表时，一个提着青龙偃月刀的学长走上了台前，如果再配个长髯，画个红脸，估计可以去演关云长了。

　　这时我们才来了兴趣，原来这个学长以前学过戏曲，虽然已"退隐江湖"好多年，但耍个大刀还是绰绰有余。结果那晚的晚会，学长成了压轴的一个。

　　当然，上面这种才艺展示我们也可以当作哗众取宠，那么接下来我说几个正经八百的大咖级人物。

　　小A是我大学时认识的同学，个头小小的，总喜欢穿些"卡哇伊"的服装，偶尔戴个小翅膀的帽子，把自己打扮得像个"阿拉蕾"。本身她不近视，但偏偏喜欢戴着一副大大的黑眼镜框，像我们这些摘下眼镜就容易撞到电线杆的人都恨不得把眼镜抛到九霄云外，而她却要架着个眼镜框"四处招摇"。小A打小就是日漫迷，自小学起就开始追《海贼王》，一直追到大学，已经追了七百多集，但《海贼王》依旧还在更新中。小A时常担心漫画的原作者尾田中途挂了，那样她就永远看不到路飞的结局。像诸如《海贼王》之类的日漫，小A如数家珍，连寝室的墙上贴的都是路飞等的照片。尽管小A对此趋之若鹜，但在我眼中这和动画片没有什么区别，里面各式各样的人物和纷繁复杂的剧情一直让我傻傻分不清。

　　因为喜欢日漫，小A渐渐开始尝试学习日语，在她升入初中那年，她已拿下日语N2的等级证书，紧接着第二年，又把日语N1的等级证书拿到手。如今小A读日语原版小说，或是听日语广播都不成问题。偶尔和小A聊天还会冒出一句"阿里嘎到"，搞得我们一头雾水，后来才知道，那句话是"谢谢"。想想自己在初中干了什么，好像除了每天背着书包上学，就是抱着电视"蜗居"，偶尔看个报纸，关心一下国家大事，算是最积极的时候了。

　　小B，我邻居家的小孩。高考结束，她用一个暑假，近三个月的时间做了一件事——写论文。或许也是小时候爸妈的有意栽培，小B还上小学时就抱着一本又一本文学巨著开始阅读。所以当我们还对那些绕口又难记的外国名字抓耳挠腮时，小B已经开始在某学术期刊上阐述自己的观点了。好吧，再让我想想当时我在干什么。貌似是报了个旅行团去游山玩水，最后顶着一张因阳光太过强烈而过敏的脸，跑回了家"休养生息"。

这就是人与人之间的差距吧，当我们还在肆意挥霍自己的时间时，人家早已在人生的高峰上捷足先登。虽然很多人都在宣扬，还孩子一个快乐的童年，但在我们长大之后，看着人家一个个才华横溢、硕果累累，是不是也会后悔当初爸妈没逼自己一把？

当然，也有些"天才"是出于自觉才走上了这条让人羡慕的道路。没有家人的强行逼迫，只是因为喜欢，才开始行动。看过很多报纸杂志报道一些"天才作家""少年博士"，他们总会一脸阳光地告诉你，他们所做的一切只是因为兴趣，至于怎么走到了今天纯属歪打正着。每当这个时候，我都要转过身面壁十分钟，谁让当年自己连"兴趣"俩字怎么写都不知道！

"少壮不努力，老大徒伤悲"如今恐怕要改称"幼时不努力，少年徒伤悲"，忘记在哪篇文章看到过，一线城市的孩子，学个钢琴都是最基础的，我能说目前我连钢琴键都没碰过吗？回想自己这二十来年的生活，还真是白活了。

记得张爱玲说过："出名要趁早。"恐怕我已过了能被人称为"天才少女"的年纪，享受不到那份走到哪里都能被前呼后拥的荣光，如今只能一步一个脚印地跟着大多数大学生一起，在平凡的世界里求得一处栖息之所。

有时候，多想能像哆啦A梦一样，驾着时光机回到过去，告诉那时的自己，多读几本书，好好学学英语，没事练个简笔画都比跟着楼下张大妈家的孩子疯玩强。终于明白为什么有那么多家长会给自己的孩子报这样那样的特长班，会担心孩子输在起跑线。"可怜天下父母心"，可惜当初的我们没有体会到那份用心良苦。

"白活"的这些年就这样白活了，将来我们要用什么弥补，才能赶上他们早已腾飞的脚步？

●东子说法

有一句话"空长白活多少年"，意思是说一个人挺大岁数了一事无成，这也是对过去没有很好地把握时光的一种感叹。

生活中确实有些人由于缺乏统筹规划，活得稀里糊涂，没有什么大成就。但是即便如此，也不能说是白活。就像鸟儿在天空飞过没有留下足迹，但不能否认它飞过的事实一样，作为大学生，虽然年龄不大，但是你也走过二十多年的生命历程，何来"白活"之说？只不过大家行走的路线不同，风景各异而已。各人有各人的活法，没必要强求一致，但有一点是一致的，就是每个人都应该积极进取，活出质量，使生命更精彩。

"出名要趁早"成了时下很多青少年的座右铭，也成了家长教育孩子的宝典。一些家长为了让孩子成功成名，给孩子报各种特长班，孩子不从，家长就来一句"张爱玲说了'出名要趁早'，你知不知道？"可说实话，东子极不赞成张爱玲的这句话，因为这是极其功利的思想。

第一，为什么非要出名？第二，人生是一个慢跑的过程，揠苗助长往往适得其反。可因为张爱玲的这句"名言"，害了多少青少年，又误导了多少家长。

其实，如果把人生当成一次马拉松长跑的话，在前一千米时跑第一名，并不能说明他就是胜利者。相对来讲，后劲更重要！当然了，前期的铺垫，也就是打基础是不可忽视的，厚积薄发嘛。所以，要打好基础，而不是挖空心思想着早出名。

"少壮不努力，老大徒伤悲"这种说法，我是赞成的。小时候也包括大学期间，一定要努力学习知识和技能。除此之外，无论是耍大刀，还是简笔画，在个体成长中，要有属于自己的特长或培养一两种喜好。

这个特长和爱好不是为了名和利，而是丰富精神生活，增添生活情趣。比如前面说的中秋晚会，不仅是在学校，将来走向社会，逢年过节，单位里也会举办一些类似的活动，我们总不能只当看客吧。适当展示一下自己，上台亮个相，这既能给大家带来快乐，又能为自己增添自信。

目前中国功利性的应试教育只要分数，而忽略孩子的个性（特长）培养，这是一种缺失。作为大学生，不能指着学校和老师来给我们补缺，而是要根据自己的喜好，接受一些相应的熏陶和培训学习。

过去咋活的，都已是昨日烟云，关键是筹划未来，活好当下。

说个"不"字有多难

2008年的时候，跟着老妈曾看过一部陈乔恩主演的玛丽苏偶像剧，因为这部剧，还科普了一种叫琉璃苣的植物。当时看着陈乔恩在剧中各种软弱可欺，各种被人误解，各种打掉了牙往肚子里咽，心想这也就是拍电视剧，现实生活中怎么可能有这样毫无存在感的女生？然而，现实生活中真的就有这样的人，小X就是其中一个。

小X是个个性腼腆的江南妹子，与生俱来有一种"我打江南走过，那等在季节里的容颜如莲花开落"的古典韵味。当初报考学校，选择来到一个动不动就"药、药，切克闹！煎饼果子来一套！"的武汉，绝对是意料之外的事。

来到大学，小X瞬间被这个豪爽热情的城市所吸引，"哪有某些帖子上说的那么邪乎，添油加醋、张冠李戴，一个个都是段子手"。转眼间，小X已在这个城市生活了四年，回想这四年的时光，说一直都是在轻松愉悦下度过是不可能的，排除那些每个大学生都会遇到的困难外，小X还有一个最让自己头疼的问题——不懂得拒绝。

小X生性温柔，说起话来总是慢条斯理，简直就是"好脾气"

的典型代表，也因此，导致了自己"有求必应"的毛病，即使有些事情自己并不想去做，但面对他人的恳求，小X还是架不住三言两语，要硬着头皮答应下来。

记得有一天，小X正在寝室里美美地享受晚餐后的休闲时光，捧着一本小说跟着主人公一起梦回前朝，结果合上书已是晚上十一点。小X正准备洗洗睡了，突然看到床头的手机闪了一下，打开一看，是同学的一条微信。原来这个同学在校报工作，她负责的微信平台要推送一篇关于校园风景的文章，由于没有现成的稿子，所以想请小X帮忙写一篇。

写文章本就是小X所擅长的，能请自己写稿子也是人家对自己的肯定和认可，所以小X还是很乐意接下这个差事，但在答应之前，小X还是好奇地问了一下交稿时间。

"今天晚上可以吗？"对话框里飞速闪出一排字。

看到这，小X原先喜悦的心情顿时消失得无影无踪，怯怯地打下一句话："不能晚点交吗？今天太晚了。"

"要不就明天早上吧，不能再晚了，因为很急所以才麻烦你，拜托拜托啦。"紧接着后面跟着三个大哭的表情。

"明天早晨？"小X心中一阵苦笑，"明天早上八点就上课，我要明早交，又要几点起来写？真不知道明天早上和今天晚上的区别在哪。"但看着对方恳切的话语，小X又想："如果不帮忙会不会显得自己太小气呢？人家又不是故意刁难，万一拒绝了她，让她不高兴了怎么办？万一使她对我有看法了怎么办？万一我们的友情就此终止了怎么办？"小X此时感觉心里住着一个天使，一个魔鬼。一个告诉小X要顺应自己的心意，不必在乎他人感受；一个告诉小X要作长远打算，不要只把目光局限在一篇稿子上，维护同学间的关系最重要。在一番激烈的思想斗争下，小X还是极不情愿地在手机上按下"好的"两个字。

于是，在寝室已经熄灯的情况下，小X翻出了电脑，拿出了台灯，打开了文档，面对着空白的屏幕开始在心里打着草稿。尽管从表面上看，小X的脸平静得像一潭静水，但在这平静的面孔下，小X的内心已掀起了千层浪花，不住地在心底呐喊："我不想写！我要睡觉！"

最终，小X还是把文章写完了。看着洋洋洒洒的几千字，小X长舒一口气，动了动鼠标，把稿子发了过去。直到第二天，同学才把小X的文件接收，之后回了一句"谢谢"。此时，小X揉了揉尚处于半昏迷状态的大脑，她根本没有心情去享受这句感谢。小X此刻只想再多睡一会儿。

但后来，小X并没有在微信平台上看到自己的这篇文章，尽管疑惑重重，但碍于面子，小X一句话也没有问，至于那篇稿件的去向，小X无从知晓。

小X周围的朋友都说她太傻，明明主动权掌握在自己手里，为什么不懂得拒绝？我们不是圣人，没有义务去答应每个人的请求。帮你了，是情分；不帮，也是人之常情。

这些道理，小X也明白。她也想过改变，但每每再次遇到这类情况，小X就又鬼使神差地被打回了原形。而由于小X好说话，越来越多的人愿意请求这个"好好少女"帮忙，忙帮多了，也有忙中出错的时候。人家表面上不说，但不满都写在了脸上，搞得小X很是郁闷。

一晃就过了四年，小X马上就要毕业了，不知道这不懂得拒绝的毛病什么时候才能改掉。小X有时也抱怨过那些请她帮忙的人，"有些事明明很简单，为什么你们就不愿意亲自去做呢？一定要让他人帮忙才可以吗？难道别人的帮助就这样廉价？"

从小我们就被教育要互帮互助，从"赠人玫瑰，手有余香"的谚语到"管鲍之交"的典故，无时无刻不在渲染着帮助的重要意义。然而，对小X来说，"帮助"二字就像一个沉重的枷锁，将她紧紧地束缚在道德的牢笼里。

多想可以痛痛快快地说一个"不"字，理直气壮地告诉所有人，我不是基督教堂里的修女，也不是庙里供奉的佛像，我只是一个普普通通的人，我也有喜怒哀乐，我也有累的时候。没有哪条法律明文规定，你们说什么，我就要做什么，没有谁生下来就是要帮助你们的。对于向你施以援手的人，请心存感激，别像对待廉价劳动力一样随意挥霍别人的善良！

唉！说一个"不"字怎么就这么难？

🕑 东子说法

现实生活中，我们身边不乏"小X"这样热心助人的善良女孩，更有一些如"校报同学"这样的随便求人，还不知道感恩的道德缺失的人。

人的一生，谁都可能遇到困难，就如赵本山小品中说的那样"谁还求不着谁呀"，八面威风的大将军也有"马高镫短"之时。人类之所以统领了世界，不是因为个体的强大，而是团队协作的力量。一个人会跑得很快，一群人就会走得更远。人的群居性就是需要相互帮助，共同发展。

每个生命的成长都会得到无数人的帮助。同样，当我们有了帮助他人的能力时，也会回馈需要帮助的人，互帮互助，使人类强大无比，让我们生活幸福。

得到他人的帮助说声"谢谢"，是一个人最基本的礼节，可很多人却做不到。因为在他们心里，别人的帮助都是应该。比如小X帮校报同学写稿子，还有一些老师让学生干这干那，好像别人帮助他们是天经地义的事。他们的这种做法，是对助人者的一种严重伤害，也破坏了和谐互助的原则。

中国是一个人情社会，人们特别在意面子，感觉拒绝他人是不给人家面子，为了这个面子往往死撑着，结果对方还不一定领情。这样时间久了，就会面临小X这样的困惑。所以，我们要学会适当拒绝，不然心理伤害会越来越重。可是想拒绝容易，但要说出口难。我这里给大家讲个故事。

有一人去找禅师求得解脱痛苦的方法，禅师让他自己悟出。第一天，禅师问他悟到什么？他说不知道，禅师便举起戒尺打了他一下；第二天，禅师又问，他仍说不知道。禅师举起戒尺又打他一下；第三天，他仍然没有收获，当禅师举手要打时，他却挡住了。于是禅师笑道："你终于悟出了这道理——拒绝痛苦。"

这个故事告诉我们，我们本可以不去承受这样的痛苦。所以，以后遇到"校报同学"这样的人，我们要理直气壮地说"不"！要告诉他，我们没有义务帮助他。帮助是出于情谊，虽然不需要回报，但必须理解。当然，如果别人确实需要帮助，自己又具备这方面的能力，该出手时还是要出手的。

同时，我们还要注意，拒绝也要讲究方法，不能语言过于生硬，伤害对方。该拒绝时就拒绝，心意要坚决，别再拖泥带水，承受本不属于我们的痛苦。

大学不是终点站

　　这是一位大三男孩的心灵独白，也是一位大三学生的颓废史，经过两年多的游戏人生，回首往昔，不觉有些遗憾，如今写在这里，是对自己的警醒，也是对诸位即将或已经走进大学校门的学弟学妹们的忠告。

　　大一的生活就像一幅沙画，你想画成什么样就是什么样，但又太过脆弱，稍经触碰就会面目全非。大一，似乎是我们最老实的一年，但又是最经不起考验的一年。刚开学那段日子，辅导员告诉我们要上晚自习。最初那几天，几个兄弟还捧个课本像模像样地跑到自习室翻会儿书，后来干脆连书也不带，拿个plus，插个耳机，坐在最后一排靠门的地方，静等下自习的铃声响起。再后来，我们几个发现导员根本就不来查晚自习，连学生会的都少有，最后我们干脆就不上了，窝在寝室里联合几个室友打《英雄联盟》。

　　因为刚上大一，所以感觉考研呀就业呀都与自己相距甚远，"还有四年呢，怕什么？"每当我透过图书馆的落地窗，看着里面抱着N本书极其Bug的学霸们，我总是这样安慰自己。至于专业课，也是马马虎虎地蒙混过关。跟几个同班同学搞好关系，平时老师点名提问就帮忙答个到。实在不行就先谎称我去上厕所，再给我发个信息，收到后，几分钟的工夫就能到教室，跟老师打个招呼，再等着中途下课或是抽个机会从后门逃出去。

　　那时社团招新正热，一次上晚自习，几个魔术社的人跑过来招新，在大家的强烈要求下，其中一个学长给大家表演了一个小魔术。我好奇，拿过他们的道具摆弄起来，没想到竟然找到了窍门，当时那位学长跟我说了一句："行呀，挺聪明的嘛。"于是，自认天赋极高的我加进了魔术社。

说是秉着兴趣和爱好，其实就是十几个人凑在一起打着"学习"的旗号在玩，时不时地再收个这费那费，但没想到我们这群大一新生都是铁公鸡，除了平时在地摊吃烧烤时爽快，其余时间都是一毛不拔，结果魔术社没过几天也吹了，除了QQ里多了一群好友以外，其余什么也没留下。

期末是我们最紧张的时刻，尽管考的科目是大学这几年里最少的，但由于第一次考，没经验，也不知老师出题的路数，于是临时抱佛脚，找来寝室里唯一的学霸，一科一科地复印笔记。说起这位学霸，是我们寝室里唯一一个在我们天天吃饭、睡觉、打游戏的熏陶下，依旧"出淤泥而不染，濯清涟而不妖"的一位。表面上看文文弱弱、沉默寡言，却是个内心戏极为丰富的人，当然，这些只有我们寝室这几个人知道。

考试在即，为了不挂科，我们几个兄弟合计着去图书馆学习。说是学习，结果在自习室待了五个小时，睡了三个小时。没办法，图书馆的空调实在太暖和了。后来，还是一位小九九算得极好的哥们给我们指了一条"康庄大道"——和班长、学习委员以及各科老师搞好关系。他们这几个人，一个掌握着院里的内部消息，一个把握着各科老师的最新动态，还有一个，改个分数简直就是分分钟的事。

不过这等好事也不是人人都能得到的，最后，我凭着刚刚超过及格线几分的成绩侥幸脱险，但身边总有几个衰神附体的哥们，不是分数低得太离谱，就是作弊被老师逮个正着。

就这样，我稀里糊涂地熬到了大二。那时寝室里有个哥们暗恋一个女孩，但迟迟不敢开口，于是我们就大半夜不睡觉给他出主意。

我们几个里造型最为"杀马特"的那一位递给他一瓶香水，跟他说："眼睛是人感受世界最直接的器官，也是摄取信息最常用的武器，要想俘获女神心，就要从形象入手。"结果这哥们喷了半个月的古龙水。

"只要功夫深，铁杵磨成针"，在他的坚持不懈下，他还是把女神追到了。据说女神根本没注意到他身上古龙水的香味，只是因为他勇气可嘉。那天下课，我们看到他和女神手挽着手从楼梯口经过的背影，几个哥们一起唱着"我还是不能和你分散，不能和你分散，你的笑容，是我今生最大的眷恋……"拍了他一下肩膀，从他身边嬉笑着跑了过去。从此单身狗队伍里又少了一名成员。

这一年，我经历了英语四级、计算机二级等等考试，尽管一科都没考过。这一年，我的《英雄联盟》打到了黄金5，貌似是本年度最有成绩的事情。这一年，我依旧是孤家寡人，眼巴巴地看着室友跟他的女神煲电话粥。我们上课依旧是那样任性，想来就来，想走就走，虽然偶尔也被老师逮到过几次，但并没有什么用处。我们依旧说着"放荡不羁爱自由"为自己的颓废找借口。我们还是老样子，想着时间尚早，一切刚好……

结果，我现在大三，看着人家拿了两年奖学金，各种奖状证书赚得盆满钵满，而自己什么都没得到，彻彻底底成了一枚"屌丝"。

是时候醒醒了。逃离寝室，摆脱电脑，认认真真地坐在教室里好好学习，老老实实地在图书馆读会儿书。颓废了近两年，才知道什么叫"明日复明日，明日何其多。我生待明日，万事成蹉跎"。

悔不当初，任由自己肆意践踏人生，将大把宝贵的光阴用来消遣娱乐。曾以为这样的生活才叫潇洒，如今想来，那时的自己有多么愚不可及。

大三了，我该行动了，趁着自己的大学生活还没有完全结束，趁着自己还有逆转的一线生机，但看着那些已经奋斗了三年的同窗们，不知道现在自己行动起来还来不来得及？

🕰 东子说法

我不明白，读大学基本也都成年了，即便父母不告诉，在上大学之前，也该规划一下自己的大学之路啊？可生命中最美好的这两年时光，就这样被挥霍掉了，实在令人痛惜。

人无远虑，必有近忧。

知道悔，说明你还有救，有道是"亡羊补牢，未为晚也"。过去的不能复返，但你还有将近两年的大学时光，如果好好把握，还是能够有所获益的。多年来，几乎每次与大学生交流，我都要告诉他们："成功与否无所谓，贵在我们曾经努力过。"至少我们问心无愧。

你的故事让我想起16年前，我在《浙江青年报》主持《东子心理热线》时，给浙江大学学生作演讲时的一个讲题——大学不是终点站。今天看来，这个讲台对新时代的天之骄子依然适用。所以，我根据当年的录音选取部分内容奉献给大家——

亲爱的浙江大学的朋友们：

大家好！

很高兴能来到享誉中外的浙江大学与同学们见面，与诸位交流"大学不是终点站"这样一个话题。

应该说你们是幸运的，经过十载寒窗苦读和黑色七月（当时高考是七月份）的煎熬，你们迈进了高等学府的大门，被冠以"大学生"这个天之骄子的称号。在金秋的收获时节，你们迈进象牙之塔，开启人生之路的新路程。由此，你们兴奋、激动，想点燃激情，实现自己美好的幻想和绮丽的梦想，有的同学踌躇满志，暗下决心，准备继高考之后再展宏图。但是也有一部分同学，认为自己苦拼了10多年就是为了考大学，如今目标实现了，也该歇歇脚了。于是，开始懈怠，不思进取，想一觉醒来捧个毕业证和学位证了事。

人对某一事物的追求过程中，极易把它想象为完美无缺的理想化模式，在充满幻想的高中时期，大家对大学生活有一种朦胧的神秘感，总会把它想象为神圣或尽如人意的，认为大学是美丽的天堂，是一座圣殿，是一方圣洁之地。而今如愿以偿了，却没有想象的那么好，甚至感到"不过如此"。距离是一种美，距离没了，美也随之消失。出现在面前的除了一点新奇外，还有诸多不如意，比如专业不是自己喜欢的，宿舍里没有空调，校园里竟有一些古老、破旧的建筑，大学老师竟然有的不讲普通话……这些都加大了思想上的反差，从而产生失望情绪。人一旦有了失落感，就会降低对自己的要求，从而松懈下来。这是一部分同学上大学后不思进取的一个原因。

另一个原因则是灵魂深处及时行乐的思想在作祟，这部分同学认为，考上大学就是船到码头车到站，于是绷紧的神经一下子松弛下来，人类本我的欲念开始萌动，认为不用像高中那样苦学，可以信马由缰，甚至放纵自己。我接触过这样的同学，在中学时刻苦努力，很有学习积极性，什么苦都能吃，什么累都能受，什么罪都能遭，可考上大学后就判若两人了，首先是放弃努力，认为正是好时光，也该好好玩玩。于是，今天结伴游名山，明天相约观奇景，后天去独享其乐，乐不思学。结果荒废了学业，有的多次旷课被记过，有的考试不过关，拿不到毕业证，在别的同学高高兴兴走上工作岗位时，自己独自垂泪懊悔。

可我们都知道，后悔药是无处买的，为了不步其后尘，请大家千万不要因为上了大学就放弃努力，因为大学不是终点站。围绕这个话题，我与大家谈三个小话题。

第一个小话题是：人生之路很漫长，大学只是其中的一个驿站。

当你脱离母体时，就踏上了自己的人生路。这条路一头在你的脚下，另一头伸向未知的远方，似乎没有尽头，也看不到终点。迈步向前，这条路充满荆棘与坎坷，但也不乏鲜花和坦途。在这条路上，时间像一个推手，一直推着我们前行。

如果把人生分为几段，大学就是这其中的一段，如果每一段都比作驿站，大学就是这样其中的一个驿站，而且是一个停留不是很长的驿站。这个驿站不仅是我们栖息的地方，还是我们加油的场所，是为下一段路整装充气的过程。

在这一路程的初始阶段，你就被灌输了"学习、学习"的思想和"考大学"的目标。这个目标贯穿整个中小学生时代。进入大学，在新的驿站里，要加倍汲取知识的琼浆，因为大学之后你将面临真正的人生之旅。可以说，你今后的人生是否靓丽，很大程度取决于大学期间，你是否努力过。

……

接下来我们来探讨第二个小话题：大学是人生一个新的起点。

刚才我说过，大学是人生的一个驿站，大学生活也就是你们走向社会的最后一站，但他绝不是你人生的终点站，而是下一个里程中的一个新的起点。就像歌中唱的一样："终点又回到了起点。"

……

最后的小话题是：人生就是一个学习的过程。

西方先哲梭伦和我们敬爱的周恩来总理都曾说过："活到老，学到老。"说的就是这个意思。人生伊始，我们学习走路、说话、做人、做事，上学学知识、学文化，踏上社会也不断地学习，直到终了离开。所以说，人生就是一个学习的过程。对这一点，我有切身的体会。

我认为，作为新世纪的大学生应有两个现代意识：一是居安思危的忧患意识，二是积极进取的参与意识。如果没有这两个意识，将来就很难在社会立足。新时代的大学生应时刻不忘"学习"，向书本学习、向社会学习、向他人学习，使自己的人生放射出金色的光芒！

最后，我把著名生物学家巴斯德的"机遇只偏爱那些有所准备的头脑"这句话送给大家，让我们共勉。同时真诚地祝愿同学们能够把握自己的青春年华，在大学里学到真本领，以饱满的学识，娴熟的技能，为创造自己的美好未来奠定坚实的基础！

生活没有旁观者

　　这个小标题的名字是很多年前，东子经常说给读者的一句话。

　　那是上个世纪九十年代初，我在《海南青年报》做编辑、记者，同时主持《读者沙龙》和《青年与社交》栏目。栏目中有一个《东子热线问答》（《东子心理热线》前身）的子栏目，这个栏目主要是回答青少年读者关于人生的困惑。

　　当时很多大中学生有类似本书提及这样的烦恼与困苦，我就结合自身的成长告诉他们："生活没有旁观者。"后来，我到大学和中学演讲，也时常用这句话激励青年学子们。

　　此后20年间，我先后应邀到海口、西安、青岛、杭州、重庆、大连等国内近百所大学做大学生心理健康讲座和热点问题问答演讲。在很多次演讲中，针对此类问题，我会在现场拿起一只杯子，高举着对观众说：

　　　　"大家看看这个杯子，在没有光照时，它的东、西、南、北四个方向的亮度是一样的。当太阳初升时，它的东面见到太阳，就成了耀眼的主角，而南北尚能感受余光的两侧，只能做配角，它的西面与光鲜无缘，只能是阴影；杯子放在这里不动，当太阳南移时，它的南面光彩灿烂，成了令人艳美的主角，而它的东侧和西侧成了配角，这时曾经的配角北门沦为阴影；当夕阳西下时，曾经的黑暗世界迎来了它的曙光，西面成了这一刻的主角，南北两侧依然去做它的配角，曾经作为光芒万丈的东面黯淡下来。当太阳落山后，东西南北一片漆黑，它们成为抱在一起的完全对等的一个整体，这时没有谁羡慕，谁是主角、谁是配角、谁又是群众演员……"

我之所以给大家讲这个故事，就是要告诉你们上苍是公平的，她不会偏袒哪一个人，命运在向我们关闭一扇门的同时，自会打开另一扇窗。就如东子的人生体验一样：一条路堵死了，无数条路会向我们敞开……

人有多面性，物是多面体。所以，世上的任何事都是多面的，我们看到的只是其中的一个侧面。任何不幸、失败与挫折，都有可能成为我们有利的因素，前提是你要能够主宰生活，成为生活中的主角。

在社会历史舞台上，也是风水轮流转，没有谁永远是主角，没有绝对的永恒，但在自己的人生舞台上，我们却永远都是主角。

其实，众生芸芸，谁也不比谁强多少，人活就是一口气，精彩与否在自己。每束鲜花的绽放，都是经历风霜雨雪的，不经历风雨又怎能见彩虹？

在生活中，无论我们作为主角还是配角，都不是旁观者！